はたらくわたし

岸本葉子

sasaeru文庫

本書はsasaeru文庫のために書き下ろされたものです。

プロローグ

働く意味って、何だろう。

何のために、働くのだろう。

そんなことは考えないで、働き始めました。

学生でなくなるからは、何らかの職につかないと。先々結婚し、仕事を辞めることになるかもしれないけれど、とにかくいったんは働くものと。そう思っていました。

でないと、生活していけないし、家賃だって払えない。

楽しくなければ仕事でない、という、うたい文句を聞くことがあります。私はそうは思いません。

報酬という名で、人からお金をもらうのは、たいへんなこと。楽しいかどうかの前に、のしかかってくるのは義務と責任。そして忍耐。

働く上では、いろいろな出来事があります。自分の基準からすれば、とんでもない人もいます。

それらと向き合い、苦しみながら、自分を裏切らない範囲で、義務と責任を果たそうと、全力を尽くす。そうする中で、

「ああ、この仕事をしていてよかった」

と心から感じる瞬間がある。

それが、仕事の楽しさだと思います。

もしかすると、その瞬間のために働き続けていると、いえるかもしれません。

この本は、そんな私の日常です。

Contents

はたらくわたし

Profile
40代、フリーランスの文筆業。2年余の会社勤めの後、今の仕事に変わって20年。事務所はなく自宅が仕事場を兼ねる。受注、スケジュール管理、雑用、営業（？）までひとりで行う。都下のマンションにひとり暮らし。腰痛持ち。漢方と食事療法と睡眠とで、仕事の「資本」である健康維持につとめている。

手書き文字／岸本葉子
本文デザイン／周　玉慧
イラスト／もり谷　ゆみ
編集／成美堂出版編集部（新倉砂穂子）

一月

一月某日

一年の仕事始めは、迷惑メール退治から。暮れの二日間と正月の三が日は、パソコンの電源を入れることを、自らに禁じていた。本日オンにしたところ、受信メールが溜まりに溜まっている。画面の上半分を占めるほど。

ほとんどが、風俗メール。「女性を紹介します」の類である。

その種のメールも巧妙化しているのか、差出人はふつうの人名、件名も「お世話になっています」「この前の件ですが」などと一見ふつうの用事ふうで来るから、まぎらわしくて困る。横文字の差出人名に目を近づけ、ひとつひとつチェックしていかないと。中にほんものの仕事メールが混じっていないとも限らない。覚えのない人名ならば「×」をクリック。

パソコンに詳しくない私は、「開」を押す前に、人名と件名のみが表示されている段階で削除すれば、開いたことにならない→すなわちウイルスの感染はない、と信じているが、それでは危険なのかしら。そもそも、なぜに私のところに送られて来るのか、なぜにアドレスを知っているのか、疑問。

女性を紹介するという趣旨からして、アドレスと私という女性とが結びついてはいないことを、信じたいけれど。

一月某日

現金書留の封筒を、今日こそ買わなければ。年末の熱海取材で、編集者の人から一万円お借りした。

ホテルにて対談と打ち合わせと食事をすませて、他の方々はそのまま宿泊、日帰りは私のみ。帰りの新幹線の特急券だけ自分で買い、あとから実費を原稿料とともに振り込むと聞いて、ハッとした。

お財布にいくらあったかしら。行きがけに銀行の機械に寄ろうと思いつつ忘れ、たしか一万円くらいしか……。熱海発二十二時台の新幹線だと、東京駅に二十三時近く、家に着くのは二十四時近く。住宅地は暗くて危いから、安全を期して、どこかの駅からタクシーに乗るとすると、それプラス特急券代には、一万円では足りないかも。念のためもう一万円、お財布に入れておいた方がいいと、借りた次第。

「年明けに書留でお返しします」と約束して。

それ用の封筒は郵便局でしか売っていない。窓口は十七時まで。その前に原稿にひと区切りつけて行かなければ。急げ。

「現金書留の封筒を一枚下さい」

間に合ってほっとひと息つきながら言うと、窓口の女性が、

「今、お出しになりますか、お持ち帰りになりますか?」

そうだ、宛先の住所と一万円と添えるべき手紙を持ってきて、住所をここで書き、そのまま出してしまう方法があったのだ。そうしたら一度ですんだのに。次か次の次の平日、また「五時までに行かねば」とせかせかすることになる。

あの朝一瞬だけ銀行の機械に寄るのを忘れたばっかりに、手間が足かけ二年にわたって増幅していく感じ。

一月某日

銀行の通帳記入をせねば。いつも月の上旬に、前の月の領収書類と、出版社からの振込通知と、通帳をコピーしたものを、税理士さんのところへ送っている。月々の帳簿を付けてもらうため。今日あたり、それをしないと「上旬」を過ぎてしまいそう。

記入したら、つい、銀行の向かいにあるデパートへ寄ってしまった。年明けのセール中。

毎度のことだが、春の仕事には、素材が冬で、色だけ春っぽい(春らしい、とは言えないところにつらさがある)服を着る。二月に二つ、セミナーとシンポジウムがあって、四月初めのセミナーでも、寒がりの私は冬物を着るだろうから、何かウールで白っぽいジャケットがあればと、婦人服売り場に上り、役に立ちそうなジャケットを購入した。四月になってからでは、ウールなんてもう調達できないので。去年はたしか六月にもまだウールジャケットを着ていた。

私の買い物はいつもこうだな。控えている仕事を数え上げ、そのときに使うだろう服を、あらかじめ購入しておく、というパターン。

ああ、何か「のため」用意「しておく」のではなく、今着たい！　という気持ちに素直に従った買い物をしたい。

そんなことを考え、うつむいて歩いていたら、帰りにコンビニに寄り、通帳の記入した分のコピーを取るのを忘れてしまった。また出直し。

一月某日

税理士さんに送る書類をまだ引きずっている。先月の交通費を出金伝票に記入しなければ。ふつうの会社で使うようなコクヨの出金伝票。

日付の他、勘定科目＝交通費、支払先＝ＪＲ、摘要＝三鷹―新宿、金額＝２１０のように書いていく。手帳をめくり返し、その日、打ち合わせや取材などで行った場所を確め、自分の足取りを追いながら。

出金伝票は日付別、しかも一枚につき、ひとつの支払先だから、新宿から都営線で神保町へ出て、地下鉄で渋谷へ、そこから吉祥寺へ戻ってくるだけで、JR、都交通局、東京メトロ、京王電鉄と計四枚にわたることになる。細か〜い。よく行くところは金額をおぼえているが、そうでないところは、パソコンでひとつひとつ検索。もの書きの中にはよく「私には事務はつとまらないからもの書きになった」とエッセイやインタビュー記事で語る人がいるけれど、これって「事務」そのもの。皆、どうしているんだろう。

一月某日

本日もパソコンで検索。某出版社の人と来年の企画（本年の、ではない）の打ち合わせをせねばならぬが、時間がなかなかとれず、私が都心をあちこち移動する日の、途中のどこかにしてもらうことになった。

私の都合に合わせるとのお申し越しなので、打ち合わせのできる時間、場所を探さないと。例によってインターネットの乗り継ぎサイトで経路と所要時間を調べ、恵比寿駅に決めて、駅ビル内の喫茶店をさらに調べて、決定。

時間に余裕がなさそうなので、相談したいことをあらかじめメールにまとめる。それに資料を付けないと。私には来年ぜひ本の仕事をご一緒したい人がいて、その人へのお願いの手紙を、私からも直に出すつもりだが、文面はこれでよいかどうか案を作り、打ち合わせのとき意見を聞こうと。

エッセイそのものの執筆以外で、パソコンに向かっている時間が、ずいぶんある。

一月某日

いくつかの雑誌に載った対談を読んだ出版社の人から、対談集の企画が立てられるかどうかの問い合わせが来る。自分でも可能性を探るべく、過去数年分の切り抜きを引っくり返す。エッセイもインタビュー記事もいっしょくたに箱に入れてあるだけなので、対談を抜き出すのがひと苦労。

白黒で不鮮明ながらも、顔写真付きのが結構あって、

「このときのパーマのかかり具合がよかったかも」

「うわ、この服、まだ着てるよ」

などと、つい見入ってしまったが、そんなことをしている場合ではない、内容を読むのだ、内容を。

ひとつのテーマでまとめられず、落とさざるを得ないものもあるが、

「これは、あれの後に持ってくれれば、続きの文脈で読める」

と構成まで考えかけ、

「いや、でも、その作業はこの時点ではまだ求められていないのかも」

と思い返す。

しかし、中には、その対談を載せた雑誌を出している社（A社とする）の、単行本の人から、

「あれも、本に入れたいですね」

と言われているものもあり、それを別の社（B社とする）の本に収録するのは、信義則からして、できないか。

しかししかし、「入れたいですね」は決定ではなく、これからの話であって、A社はA社で企画を立ててみた結果、入らない可能性もある。A社に遠慮し、B社のに収めなかったら、どこにも入れられず、行き場をなくすこともあり得るわけで、悩むところ。

対談もそうだし、雑誌に発表した原稿の落ち着き先については、就職の内定をどうするかに似た悩みが、常につきまとう。

一月某日

今週は外に出かける用事が多いので、今日は家で机に向かえる貴重な日。

ああ、でも、明日のロケの準備をしないと。

私がときどき出ている数少いテレビ番組で、散歩をする。テーマは隅田川の七福神めぐりと向島百花園に梅のつぼみを訪ねて。

この日のためにクリーニングに出した白いダウンコートが、今日できる予定。間に合ってよかった！

それと服にアイロンをかけないと。寒いさなかだけれど、春を予感させる内容なので、こういうとき「のため」に買っ「ておいた」薄桃色のセーターとカーディガンを出そう。おそらく、たたみじわがついているはず。

防寒は万全にせねば。朝九時くらいから夕方六時くらいまで、一日じゅう外にいることになるし、川風は冷たそう。はくつもりのウールパンツの下にスパッツをはいて、ファスナーが閉まるかどうかも、事前に確めねば。

ホカロンも要るかな。あれをポケットに入れておき、ときどき手で握って暖をとるだけで、ずいぶん違う。

それからさらにお弁当の準備だ。家でご飯を作る習慣の私は、散歩番組でもお弁当を持っていくのだが、その食材があるかどうか冷蔵庫を点検し、なければ買っておかないと。

七福神のことは調べなくていいかしら。あまり予習をしてしまうと、現地に行ったときの感動がなくなるから控えるにしても。

うーん、今日も結構、原稿以外ですることが多い。

一月某日

九時から五時までほぼ立ちっぱなしの収録では、どんなに長く感じるかしら、途中たるーくなりはしないかしらと思っていたが、正反対。することはたくさんあるのにおそろしいほど速く時間が過ぎて、お昼休憩なしで夕方まで撮り通した。

冬至からひと月も経っていないこの頃は日が短くて、どうしても押せ押せになる。その代わり、夏ほど遅くならないよさはあるかな。日が没しきってしまうと、屋外ではライトを点けても限界がある。

日ざしがあって、風はなく、気温よりは暖く感じられたのが幸いだった。外にずっといると足先から冷えるだろうと、くつ下の裏にホカロンを貼っていたけれど、途中お寺の堂内に上がるため靴を脱ぐシーンがあったのを機に、取り去った。

座って帰れるルートを選び、浅草から神田に出、神田からいったん東京に戻って、整列乗車し直し、中央線に。座席に掛けるや眠りにひき込まれ……たかったけれど、となりに来たのがヘッドホンカセット男で、目論見が外れる。しかも、本人は聴きながら寝ている！

仕事中はさほど疲労を覚えなかったけれど、帰宅後メールで十件ほどの問い合わせに答えたら、思考力がゼロに。明日は午後から、自宅にて本の企画の打ち合わせ。その前に、おおまかな内容案をパソコンで作って、プリントアウトまでしておきたかったけれど、無理かも。明日の午前中に回そう。あ、午前中には、掃除機もかけないといけないんだった。家に人が来るのだから。

明日の午前中は、雑誌のためのエッセイの下書きくらいはしようと思っていたが、後日にせざるを得ないか……。

前の私は、こういう場合、日延べするということができなかった。何が何でも計画どおりにしたがるのだった。執筆以外のことに要する時間を過小評価していたところもある。

でも今は、それらもすべて、ありのままに認めようとしている。郵便局からものを送るのも、コンビニにコピーをとりにいくのも、帳票に数字を記入するのも、着るべき服にアイロンをかけるのも、みんなみんな「仕事」。執筆と、自分の中で軽重をつけてはならないのだ。

一月某日

昨夜はあきらめモードだったが、掃除機をかけるのを省略していいことにしたら、①原稿の下書きと②午後の打ち合わせのための内容案作りが、午前中に二つともできた。

「省略」。これも「日延べ」と並んで、私にできないことだったが、今後は必要に応じてこの二つをうまく取り入れていこう。

内容案は、とりあえず項目だけを箇条書きふうに並べていくだけだが、進めるうち次々思いつくようになり、いったん終了しプリントアウトしたのちも、まだわいてきて手書きで補足。打ち合わせに来る人から「すみません、五分遅れそうです」の連絡があったのを幸い、もう一度パソコンの電源を入れ、補足分も打ち込んで、プリントアウトし直した。

今度の本は、写真と文章から成る。すると、ただ本一冊でどのくらい文章を書けばいいかだけでなく、レイアウトやページ割との関係が出てくる。そういう本を作った経験があまりない私は、何から先に考えればいいかや、後からでも変更のきくこととときかないこととの別が、わかっていないので、進め方の順序からよくよく相談。今日作った項目案をもとに、どの項目は比較的長めのエッセイになり、どの項目は短めか、どれとどれの項目を合わせて章立てができそうか、その章に何の写真を入れたいかなど、さらに詳しい案を、まずは私が作ることから始めることにした。それにかけるまとまった時間さえとれれば、楽しい作業。

明日は一日外に出る。昨日のような収録と違い、いくつかの用事、打ち合わせで、場所もこまめに地下鉄を乗り降りして移動する。身軽で、かつ人の会社を訪ねるのに失礼でなく、かつ夜遅く帰るのに寒くない服装にせねばならぬが、眠くて服装を考えるのが億劫になってきた。

服の準備を放棄し十五分早く寝るか、頑張って今日のうちに準備し、十五分遅く起きる方を取るか。究極の？　二者択一。

一月某日

出版社を訪ね、そこでの単行本を、他社の文庫に収録させていただきたい旨、お願いに上がる。両社の文庫に入っている私の作品、それぞれのラインアップからすると、その方がわかりやすいからだが、企画を通すことから始めて、編集の労、販売にも尽力下さったことを思うと、申し訳なさに身が縮む。刊行のときは、ラジオで宣伝の機会まで設けて、その収録にまで、休日にもかかわらず立ち会ってくれたのに。

義理堅い性格の私としては、このことをお願いする日のことを思うと、半年も前から、胸のふさがるほどだった。が、本日、勇気をふるって申し上げると、「そうですね、その方が読者はとまどわないかもしれませんね」。

なんというありがたいお言葉。読者を第一、本のためを第一に考えてくれるとは。感謝で頭が下がると同時に、このご恩はぜひお返しできる方法があるなら少しでもお返ししたいと、深く思う。

一月某日

「昨年のあの本、黒字になりました」

出版社でその本を作ってくれた編集者の人の報告に、ほっと胸をなで下ろす。著者が知り得るのは「増刷はしなかった」という事実のみで、初版で刷った分はそこそこ売れたのか、まったくお話にならなかったのかは、わからないので「ああ、だめだったのでしょうね、ここにはもう、次の相談なんて、とてもできないでしょうね」とうちひしがれていた。

よかった。その社でその前に刊行した本はトントン。出版社にとっての損益分岐点はわからないが昨年のもトントン、もしくは赤字だったらば、次の企画がもう通らないだろう。

データ管理の技術が発達した今は、一冊ごとに一円単位の収支まで出るから（昔もそうだった？）、作り手にとっても、書き手にとっても、なかなかシビア。

でも、数字がすべてかというと、必ずしもそうではないのだ。少くとも編集の現場の人は。むろん、売れるに超したことはないし、売りたいつもりで作ってはいるが、「たぶん売れないとは思うけれど、いい本だから、ぜひとも出さなきゃ」なんて、自分の作っている本への思い入れを語る編集者も少くない。

書く側としては「この人の本をぜひ作りたい」と思って下さる人に巡り会えることを、そしてその人が人事異動にならないことを、なるべく長くその部署にいることを願うのみ。

それと、企画が会議を通ることを。

出版社も他の会社と同じで、異動もあれば、ものごとをひとりで決められるわけでもなく、課内、部内、さまざまな段階の会議で諮り、多くの人により意思決定されていくことが、この仕事をすればするほど、わかってくる。その点では、通常の社会人に求められるルール、手続きと変わらない。

一月某日

フリーの取材ライターをしている同世代の女性から、昨年十二月にお母さんが急に体調を崩し、入院したことを聞く。なんというタイミング。

年末には印刷所が休みになってしまうので、すべてがふだんより前倒しになり、絶対に遅らせられない締め切りが続き、彼女の言によれば「一時間どころか一分でも」惜しい日々のさなかでの入院。

親の倒れたショックもさることながら、そんなときに仕事の心配をしなければならない切なさは、いかばかりか。その焦り、後ろめたさを思うと、身に詰まされた。

高齢の親を持つ私には、けっして他人事ではない。

別の知人で、フリーの編集をしている女性は、お父さんが死んだ日も、料理の撮影に立ち会ったと言っていた。スタジオを借り、料理人、カメラマン、ライターなどたくさんの人が来るが、何をどういう順でどう撮るかの全体をわかっていて、指示できるのは、自分しかいない。明け方に父を看取って、後のことを家族に頼み、昼間は撮影、夕方からお通夜だったという。

代わりがきかないにしても、こういう仕事だと、例えば役者さんのように「私がいなきゃ幕が上がらず、何百枚ものチケットを払い戻さなきゃならない」みたいな、わかりやすい形ではないから、家族との関係もたいへんだろう。「こんなときまで仕事をとるの!?　不孝者」と非難されそう。

また別の知人の女性は、記者をしていたが、会社からは「家族の方を向いている」と叱られ、家族からは「仕事人間」と詰《なじ》られ、それに耐えられなくなって、辞めてしまった。

溜め息。別に自分の家に何か急を要することが起きたわけではないのに、考えてしまう。

一月某日

メールで送信した原稿について、部分的に書き直しを促すメールが来る。

一瞬「……」と詰まったが、わいてくる感情を抑え込み、どのようにすることが求められているのか、メールの文面をよく読んで、行数を変えない範囲内で、それが実現できるよう、順序を入れ替えたり、あるところは削ってあるところは加筆したりして完成、再送信。送るときのメールが、つっけんどんにならないよう「ご多忙の中、早々に読んで下さって、お気づきの点をお寄せ下さって、ありがとうございます」と、心してていねいに。

折り返しメールが来て「早々にお直し下さってありがとうございます。おかげさまで、読者にとって、より追体験しやすくなったと感謝しております」

これぞ、大人のやりとり。つい感じ悪いメールを送らないでよかったと、ほっとする。

考えてみれば、もっとも忙しいときに送ったにもかかわらず先方は常に、間をあけないで返信して下さるし（これが、書いてから二週間も三週間も経った後だと、「あれのまま受け取ってもらえたもの」と思い込んでしまうから、直しにとりかかるために越えるべき抵抗感の壁は高くなる）、言葉も礼を尽くしていた。むっとしてしまうのは、あくまでも、こちらの側の問題だ。

頭をかすめるのは、ずいぶん前に仕事先の年長の人から言われたこと。

「書き直しを嫌がるようになってはおしまいだよ。あの著者は言うとつむじを曲げるからと、直して下さいと言われなくなっては、おしまいだと思いなさい」。このことを肝に銘じよう。

同時に、先日、同じ仕事の人とした世間話を思い出す。海外旅行に、海外でも通じる携帯を持っていったら、眺めのいいレストランでワインを飲んでいい気持ちになっていたとき、携帯が鳴り、出かける前に渡してきた原稿の書き直しを要求されたそう。

「よりによって、もっとも不愉快なことを……」

「先生でも不愉快ですか」

「そりゃそうだよ。誰だって嫌に決まってるじゃない」

私だけではなかった！

別のライターさんも言っていた。書き直しが嫌なのは、何も自分の文章がうまいと思っているとか、ケチつけられるのが許せないとかではなくて、

「自分としては、すでに終わったつもりになっていることに、再び向き合わなきゃならない、その億劫さなんだよね」

それを言うなら、ふだん校正刷りを見るのだって、すごく心的エネルギーが要る。それと同じか。なーんだ、そういう単純な話だったのだ。

書き直しを嫌がってはいけないけれど、書き直しを「嫌だと思うこと」は自然な

感情なのだから、そこまでは自分に禁じないことにしよう。

一月某日

帰ってまずパソコンの電源を入れ、メールの送受信をクリックしてから、暖房をつけ、着替えなどして画面を覗くと、まだ送受信の途中。しばらくしてまた見ても、いっこうに進んでいない。誰かが重ーいデータを送ってきている！

誰だ？　何の件だ？　知りたい心がはやるが、こんなことでかりかりしては、体に悪い。メールのことはなるべく忘れ、ファクスで送られてきていた校正刷りに手を入れたりしていたが、結局、受信し終わるまで七十分！　かかった。

わが家は電話回線と共用なので、データ量の多いものは、やりとりにものすごく時間を要する。名刺交換のときに、そう申し上げ、ファクスで下さるようお願いすることが多いのだが、今はみんな、図版でも写真でも、どうかするとページ全体の写真入りレイアウトまで、メールで送ってくる。先方にとっては、それが自然になっているのかも。

私がメールをいっさい使わないのなら、わかりやすかろうが、「原稿はメールで送ります、それ以外はファクスで」と、部分的に使いたがるのは、無理なのかも。

頑なに技術革新を拒むわけではなく、わが家もかつて、ＡＤＳＬの導入を試み、設置工事までしたのだが、マンション内の配線の都合で、通じないことが判明し、とり止めた経緯がある。そのへん、あまりに複雑に過ぎ、「古いマンションゆえ、パソコンの通信環境が悪くて、申し訳ないのですが、メールではなくファクスで」と、謝りながらお願いするのが常。

いつまでそれで続くかしら。

一月某日

女性向け月刊誌で、今年初の人にメイクをしていただく仕事（この前の散歩番組の収録は、家で自分でメイクをしていった）。ヘアメイクの人、服を考えるスタイリストの人、編集者、カメラマン、皆さんと何回かご一緒しているので、スタジオは終始和気に満ち、人のいるところでは緊張しがちな私も（私のみならず、ほとんど誰しもそうだろうが）リラックスして臨むことができた。

メイクは、誌面になったとき、ほんの薄化粧に見えるくらい自然な仕上がりなのだが、このまま電車に乗ると、やはり「化粧の濃い人」になるだろうから、落として帰る。

ファンデーションを塗ったのは今年になって二回め、石けんで顔を洗ったのも二回めだ。

一月某日

都心のホテルで総合月刊誌のための対談の後、別の雑誌のインタビュー取材。対談の続きの話がはずんで、いったん中座し、ロビー階へ行って待ち合わせていた記者さんから一時間ほどインタビューを受けて、また戻る。同じホテル内にしておいてよかった！

私はどうも対談や座談会では、決められた筋道に従い過ぎるというか、あらかじめ編集部と「今回の対談は、こういう趣旨で、まずはこんなところから入って、このあたりに関する考えを述べて」と打ち合わせした通りに進めねばと思い過ぎるらしい。他の出席者によって話があちこちに行き過ぎそうなときは、編集部からありがたがられるけれど、そうでない限り、逆にふくらみがないというか、予定通り以上のものが出ず、もう少し自由闊達に喋った方がいいようだ。

対談の録音テープを止める前と後とでは、話す速さも口調も違っているのでは。

「続きの話」になってから俄然、饒舌《じょうぜつ》になり、「あっ、もう一度、テープを回そうかな」と言われることが、今日に限らず、よくある。

役割意識が強過ぎるのか、規矩どおりでは、編集過程ではまとめやすくても、出てくるものに面白味がなくなる可能性もある。もう少し融通無碍《ゆうづうむげ》にできるようになりたいもの。

一月某日

二日続きで外の仕事があった後の今日は、日中のほとんどをパソコンにへばりついて過ごす。この前打ち合わせした、写真と文章とで作る本の詳しい構成案を立てるため。

十の章に分け、それぞれの章について書こうと思う内容を、写真に撮る物が、どういう話の流れで出てくるかも、併せて記していったら、要約とはいえ、四百字詰め原稿用紙に換算すると二十枚くらいと、結構な文章量になってしまった。

二章めを書くあたりで早くも？　それに気づき、もう少し簡略な構成案にすることも考えたが「いや、今詳しいものを作っておいた方が、後が楽」と思い直して、作業を続ける。これが、レイアウトや写真の配置を決めていくこれからの共同作業の基本になるのだから、最初にしっかりしたものを作っておく方が。

この「今～をしておけば、後が楽」という発想を、私は比較的する方なよう。

「岸本さんて、原稿が早いですね」

とよく言われるが、書く速度そのものが早いのではけっしてなく（七～八枚のエッセイ一つに、通常下書きと清書とで計二日かかる）、たぶんこの発想で進めているがゆえ。

一月某日

本年に出るフォト&エッセイの第一冊め、モンゴルの紀行文の校正刷りが送られてくる。私の作業は①エッセイの校正、②写真に短い文章をつけること。同時併行でしてみたが、それだと①の方に見落としが多くなりそうで、最後までひと通りした後で、もういっぺん、①は①、②は②と、別々に作業することにした。なんというか、それぞれに求められる注意力の質が違うみたい。まず②から。

写真につけていく文章は、書き進めるうちに勘どころがつかめてきて、楽しくなり、止められない。結局、最初の作業でつけたのを全部さし替えることになったけれど、この方がずっとよくなったと信じる。リズムが出てきて、なぜその写真がそこに配置されているのか＝エッセイとの関係、流れの中での位置付けがわかりやすくなったよう……と、ひとりで思い込んでいてもしようがないが、全部の文章をはじめからつけ直したのだ、そう自分に言い聞かせないと。

ランナーズハイのようなものかしら。信じられないくらい長時間机に向かい続け、終わってもまだ写真の数にしてこの倍くらいつけられそうだったけれど、そんなことをしてはたぶん倒れる。こういう交感神経優位の状態の持続は、仕事上はとても快感なのだが、健康にはよくないだろう。注意注意。
①のエッセイの校正の方は、明口もういっぺん頭から読み直そう。あっ、でも明日は、親の家にも行かねば。集中すればその前にできるかな。

一月某日

早く寝ないといけない日は、逆算して一日なんとなくそわそわ。

明日は朝、NHKに出て、終わったら大急ぎでうちに帰って、メイクを落とし髪を洗い、ふだんのメイクをして着替えて、都心で一時からの会議に間に合うように出かけ……のつもりだったが、落ち着いて考えれば、それだとお昼を食べる時間が計算に入っていないことに気づく。会議は五時までで、その後、もうひとつ別の会社へ寄り打ち合わせなので、お昼抜きではさすがにもたない。

ゆえに、いったん自宅に戻るのはやめて、ＮＨＫの中のシャワーで洗髪し、移動に費やさなくてよくなった時間を、お昼ご飯＋休憩にあてることに。「休憩」。これも私がつい、スケジュールに組み込むことを忘れがちなもの。

髪は、途中で落ちてこないよう、スプレーをたっぷり吹きかけるため固型化するし、香り（匂いというべきか？）も強いのでやはり洗わずにはいられない。

たまたま同じ日に重なり、朝から連続。一日が長そう。ようく睡眠をとっておかねば。あっ、その前にシャンプー、リンス、頭を拭くタオル、メイクを落とす石けんを、鞄に入れよう。明日の朝だと、きっと忘れる。

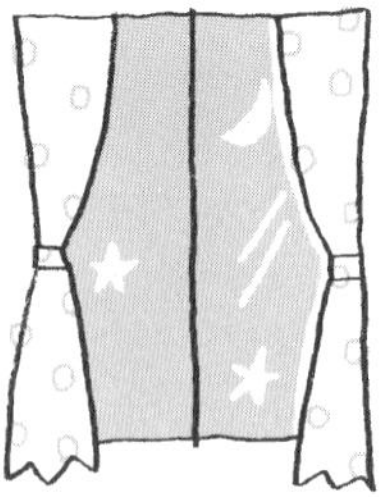

二月

二月某日

今月の予定を立てていたら、意外とぎっしぎしなので青ざめる。自宅にいる日に、その月に書くべきものを〆切り順に割り振っていったら、土曜も、もしかしたら日曜にも組み込まないと終わらないことがわかった……今頃「わかった」というのも情けないが。引き受けるかどうか判断する時点で、「わかっている」べきことだが。

原因は思い当たる。二月は二十八日と、実働日数がただでさえ、通常よりも、二日三日少い。

そこへ持ってきて、地方出張の日がある。さらに、テレビの書評番組に一日、セミナーの講師に一日、それぞれ前もって一日は、話すべきことを準備しなければならないので、計五日減。

それから、フォトエッセイの本を作るため、自宅にてモノの撮影の日が、二日あったので、二日減。

その上に、モンゴルの本の再校に一日。また忘れていたが、四月に出る本の校正を、今月半ばにお渡ししますとの連絡が今日あった。しかも、その本のため「はじめに」と「おわりに」の原稿がつくんだったから（これは、前に言われていた記憶がかすーかにあるが、今月の計算には入れていなかった！）その執筆と校正とに三日で、計四日減。

　全部で二十八日から何日減になるのか、おそろしくて数えていないが、その中で書いていかねばならない。もう、この後は新たな用事は絶対に入れまい！　と固く決意。

　ああ、でももし万が一、今月十日刊の単行本がそこそこ読まれ、著者インタビューなどのありがたいお話が来たら、あっけなく誓いを破り捨て、「あ、ぜひお願いします、いつでもお受けします」と、目をきらきらさせて返事してしまいそう。なんて機会があれば、の話だが。

　まだ刊行にならないうちからこんな想像をしているなんて、期待のし過ぎかしら。自分で赤面。

二月某日
　すでに決まっている用事以外は予定に入れまいと固く誓った次の日に、出版社から電話。前に翻訳（正確にいえば翻訳の監修）をした本を、文庫化して下さるとのこと。
「ありがとうございます！　願ってもないお話です」

と、むろん即答。

ついては文庫版のあとがきが必要だという。どきっとする予感が胸をよぎる。

「あの、何月刊でしょう?」「四月です」ということは、あとがきの〆切りは……。

「今月末には」。

絶句。よりによって。重なるときは重なる。

さらにさらに苦しくなった。

こう書いていると、人が読んだら「なんとまあ、土日もなしに、一カ月間まるまる仕事!?」と思われるだろうが、さにあらず。

そもそもこんな詰め込みスケジュールとなった元凶は、めずらしく休みを取ろうとしていることにある。

「このところずっと二日と続けて休んだことがないなんて。よくない」と真剣に考え、二月中旬の平日の三日半、休もうと決めた。それが、この忙しさのもと。

でも、ここまでやりくりに努めているのだ。雑誌のエッセイやインタビュー記事の校正については、早くも一カ月前から「この三日半は校正をできないので、前か後に外して下さい」とお願いして、調整をいただいている。何がなんでも初志貫徹のつもり。もうこれ以上増えませんように。

二月某日

連載エッセイをまとめた本の打ち合わせを、数日後に控えて、準備。打ち合わせ時に持参すべく、一枚のフロッピーディスクに移す作業をしようと思ったら、フロッピーディスクの出し入れができない！　毀《こわ》れたか。

メーカーの問い合わせセンターに電話し、いらつく心をおさえて、音声案内の通りに操作をしても、いっこうにつながらず。十五分待ったところで限界に。いつになるかわからぬ修理に出すより、フロッピーディスクユニットだけ買い替えた方が早い。ならば家電屋へと、問い合わせ先を変更。

こちらはすぐに人間（機械の音声ではなく）が出て、状況を説明し、使っているパソコンのソフトなどを言うと、それに取り付けられるフロッピーディスクユニットがあるそうなので、買いにいく。ああこれも、予定外の用事。

いや、でも、これは書けるな。さ来月くらいから、月刊誌で買い物に関するエッセイを始めるので、ちょうどいい。でも、初回から、フロッピーディスクユニットなんて、ディープなネタに過ぎるかしら。第一回は、もっと普遍的なモノの方がいいか。お財布とか鞄とか？　そのあたりは、打ち合わせ時に相談しよう。

買い物といえば、パソコンもそろそろ更新か？　と思っている。これはビッグな買い物。それと関連し、懸案であるインターネットの接続方式も、いい加減変えようかと思っている。これも広義の買い物ではある。

それらの更新によって、パソコン内の文書はどうなるのか。データは失われることなくそのまんま、新しいパソコンへ引っ越しできるのか。

また、インターネットは一日のあきもなく、すぐに使えるようになるのだろうか。書く、書いたものを送る、のは日常の業務なので、パソコンを更新しても遅滞なく行わねばならないし、文書はもう、ありていにいえば商品であり資本でもあるから、なんとしても保全されなければ。

そのリスクを思うと、つい怖気づき「しょっちゅう滞るソフトもパソコン本体も、だましだまし使っていた方がまし」と消極的になってしまう。

二月某日

考えてばかりいないで、行動を起こそう。

メールの通信環境を変えることからまず着手すべく、マンションの管理会社から教えてもらった、NTTの担当者のところへ電話すると、本日は定休日。

気勢はややそがれたものの、もう後へは退《ひ》かじ。あまり日をおかずに、またかけよう。

原稿の下書きを始めたところへ、速達が。あ、あれだ。ハサミを出すのももどかしく封を切る。

近々出る単行本。校正刷りで何度も読んだが、本の形になるとまた違い、めくり始めたら途中で擱《お》くことができなくなって、書きかけの原稿を放り出して、最後まで読み通してしまった。

本ができたときはたいていそうで、他のことが手につかなくなる。

おかげで「今日じゅうにここまではする」と決めていた仕事を、明日へ回すことになった。「鉄の意志」の私にはめずらしいこと。

でもいいのだ。これくらいの方が人間らしいと、都合よく肯定。

そうそう、明日の早朝、この前撮影した散歩番組が放映される。新聞のテレビ欄に載っているGコードで、録画予約しよう。

二月某日

ある会社（＝今日はたくさん出てくるのでA社とする。「ある」とか「別」の「また別の」とかするとこんがらがりそう。先月の日記中のA社とは一致しない）

から、下旬の打ち合わせの日取りを相談するメールが来る。それを決めるためには、下旬のどこかで予定されている、自宅にてモノの撮影をする日を、確定せねばならず、カメラの人から返答が来たかどうか、それとなく尋ねるメールを、B社に送る。

入れ違いに受信したメールは、C社からで、単行本の刊行月を相談するもの。それを決めるには、もしかしたら同じ頃出るかもしれないD社の本との調整が必要だが、それが決まるには、D社の今月刊の本の動きを、待たないといけないわけで、またしてもそこへ還ってくるか。C社にはその旨返信。

諸々に早く結論が出てほしい。こういう受験生のような「わからなさ」に耐えられる力も、仕事力のひとつなのだろう。きっと。

こういう「やりくり」に要するエネルギーは、仕事全体のそれのうち、結構多くを占める。

「もし、今月刊の本の結果、D社から出ないことになったら、どうするか。私としては本にしたいので、どこに持っていくか」。いくつかの相談先を、頭の中に並べかけて「いや、この段階で、こういうことを思い煩うのは余計な消耗」と打ち消す。

私はどうも「仮に……たらこうして」「そうでない場合はああして」と、先々を想定して考え過ぎるよう。その癖は直さねば。それにしても、わずか二手、三手先を考えるだけで疲弊するのに、将棋さしの人なんて、どんな頑丈な頭脳をしているのやら。

午前中はメールで、午後は打ち合わせが一件のみ。その一件を差し挟んでは、まとまった執筆等はできなさそうだから、こういう中途半端に時間の余る日こそ、美容院へ。

座っている時間が長いから、こういうときこそと、読むべき資料本を持っていったが、店に置いてあった「家庭画報」を読みふけってしまった。

ああでもないこうでもないと頭の中でやりくりするだけで、実はそんなに働いていない一日。

二月某日

ご飯を食べながら、録画しておいた自分出演の散歩番組を再生。内容とか構成とかをしかと見るべきなのに「あー、この角度だと鼻の低さがよくわかるな」「頬が下がっている」などと、自分の顔にばかり目が行ってしまった。自意識過剰？　いや、自意識の過剰なる人なら、あんな無防備に顔じゅうシワにしては笑わないな。

↑めげている。

でも、作って持っていったお弁当は、ヘルシーそうに写っていて、こしらえたかいがあったというべき。↑立ち直っている。

夕方、前に一度だけ仕事をしたことのあるイベント会社の人から電話。「この前朝テレビをつけたら先生のお顔が」。受話器からちょっとひく。散歩番組か、NHKか、どっちだろう。でも「何チャンネルですか」と聞き返すのは、たくさん出てると言わんばかりで、感じ悪い応答なので「そうでしたか」とのみにとどめる。

来月あたり、土日でイベントを企画しているので、ぜひとの電話。一年前も同じようなことを言っていたな。でも、それきり何の連絡もなかったことも、同時に思い出す。先方は覚えていないのか。あるいはあえてふれないようにしているのか。

律儀に土日をあけておくことはせず、また電話があったら、そのときの都合で考える、くらいの構えにしておこう。それがやきもきしたり腹を立てたりするのを回避する方策。

二月某日

今日は、発言内容を準備する日。ひとつは数日後に収録のある書評番組のため。六冊の本につき、長短のコメントをパソコンで打つ。

もうひとつは、週末に迫った、菜の花忌のシンポジウムのため。司馬遼太郎さんをしのんで毎年開催されているもので、今年のテーマは、司馬さんの作品の中の女性。

作品といっても、すごくたくさんあるので、出ることが決まってからは、女性が登場する主要作品を、書店ないし古本屋で求めては読んでいた。この正月も「竜馬がゆく」全八巻を実家にまで持っていき、ほとんど司馬漬け。また、長い小説が多いのだ。「国盗り物語」が文庫で全四冊、「翔ぶが如く」が同じく文庫で全十冊……。どの作品の女性が話題に出るかわからぬところが、怖い。また、会場に集うのはコアな司馬さんファンなので緊張。前にシンポジウムに出た人によると、話が終わった後、会場からの伝言があり「今日のお話にはひとつも間違いがありませんでした」と誉められたとか。

書評番組のコメントを作るときは、パソコンに向かっていたので、気分転換を図り、こちらは紙に手書きしていたが、後から付け加えたいことがわいてきて、挿入、また挿入を重ねたら、線だらけになり、壇上で読めなくては役に立たないので、結局パソコンで打ち直す。

これだけのことをするのに、なかなか集中力を上げられず、お茶を入れたり、郵便物や夕刊に逃げたくなったり、ずいぶんもたついた。エンジンをかけるまでの体力が、年々弱くなっているのか。

メールにも逃げた。受信メールに、エッセイ集を出すところから、タイトルの相談メールが来ていて、これ幸いとばかり、そちらに対応。収録するエッセイ二十四篇の各タイトルをつけ直し、一覧にして、本全体のタイトル案とともに返信。

原稿は書いていないけれど、結構頭を使ったのか、消耗した。ずっと家にいて、歩数にしたら120歩くらいしか動いていないだろうに。頭脳労働も肉体労働であると感じる。

八時過ぎ、夕飯の買い物へ。体を動かした方がかえって頭の疲れがとれそうで、遠い方のスーパーへ。そこは夜九時までで、こういう日は便利。

途中、ディスカウント店の前を通りかかって出来心で購入した490円（税込みで）のフリースパンツが、帰宅後はいてみたところ、はき心地よくて感動。パジャマ用のつもりだったが部屋着にも、もう一着、明日買いにいこうかと思うほど。

パジャマの上用にと、別の店で、かぶりものも買い「夕飯の買い物に来たのに、服を二着もなんて、これって、ストレス買いかしら。私って病んでいるのかしら」と不安になる。

まあ、二着合わせて1540円（＝かぶりものは税込み1050円）なので、「病んでいる」としてもそう重くはないか。いやいや、額の問題ではない？　このことはのちに買い物エッセイで書けるかも。

遅い夕飯がすむと、「もう、今日は一文字だって目にしたくない」と思っていたにもかかわらず、別の本が読みたくなってしまった。いつかは仕事につながるかもしれなくとも、差し迫ったレスポンスをしなくていい読書は、休息であり、至福。ただし目には悪い。

二月某日

書評番組の収録でＮＨＫへ。十二時四十五分に着くには十一時四十五分に家を出ないと。

人前で話す仕事は、瞬発力的なエネルギーを要するのでお腹がすいてはもたないからと、昼間からサンマの干物など焼いてしまった。早めのお昼ごはんの早めの支度で、午前中はそれ以外、特に何もせず。メール等の確認、電話連絡くらい。

着いてすぐメイク。この前テレビの仕事があったのは一月末で、こんな短い期間に二回もお化粧するのは、私としては多過ぎ。肌が傷みそう。

司会者を交じえた五人での本の合評はとても面白く、同じくゲストで英米文学の先生に、「質問していいですか」とにわか生徒になったように聞いてしまった。文学部でない私は、文学部の人なら常識かもしれない、文学の基本的なこと、たとえば文学史の流れとか概念とかが、わかっていないのだ。スタッフの人も「いやー、僕、もういちど勉強し直したくなりました。先生のところに入れてもらえないかな」と言っていたけれど、ほんとにそうだ。

先生は今日は泊まり込みで試験の採点があるとかで、収録後、すぐお帰りになった。

書評番組への出演は一年ぶりだけれど、もっとたびたび出させていただいてもいいかもと思った。今度、その気持ちを伝えておこう。

それにしても、収録では、知らずのうちものすごく緊張＝エネルギーを消耗するみたいで、終わるとむやみにお腹がすく。ちょうど控え室に、司会者の女性が持ってきた、バレンタインのチョコレートが置いてあり、食事療法をしている私は収録前はけっして口にしなかったが、収録後はばりばり食べてしまった。明日、漢方の診察なのに、完全に違反。

後から顧ると、すごい甘さだった。

そのせい、というわけではないが、帰ってからもまだ、快い高揚感が続いている。NHKに行く前は、実はあんまりそうではなかった。昨日、メールの送受信の環境を向上させようと、関係するあちこちの窓口に電話したが、どこも、信じられないような無責任な対応で、その他、仕事の方でも「なんで、こういうことをきちんとしないんだろう」と唖然とすることが多々あり、今日の始まりもまだ「不平不満おばさん」な私であった。それが仕事から帰ると、消えている。

「人生ほど生きる疲れを癒やすものはない」とかいう一節が、イタリアの詩だったかにあったけれど、それふうに言えば、仕事のストレスを癒やすのもまた仕事、なのだろうか。

今日はこの気分をたいせつにするため、この後、あんまり根をつめず、連絡事務くらいにして、夜はスポーツジムに行こう。

二月某日

打ち合わせの後、同じく仕事を終えてきた同世代の女性四人で集まる。仕事ではなく個人でしようとしているプロジェクト（と言うとおおげさだが）についての相談。

元気のわく言葉、希望の出る言葉をインターネット等で募集し贈り合おうというもので、せっかく募集するなら入選作を発表して終わり、ではなく何かの形にしたい→贈り合うという趣旨からすると、プレゼントにも適した形がいい→詩集？　カード？　卓上カレンダー？　本屋や雑貨屋さんを回り、イラストをつけてサンプルを作るうち、ポストカードブックがいいのでは、という感じになってきた。文庫版のサイズの。

類書を見るうち、私の中の職業人としての部分が、むくむくと頭をもたげてきた。ひとことでいえば「何かができるのでは」という思い。

昨年、はじめてイラスト＋エッセイの本を作ったときのことを思い出す。イラストのニンジン一本の位置まで動かして、直したりしたけれど、仕上がりはとてもきれいで、販売促進用に、本のイラストを使ったポスターももらったが、持っているのがうれしかった。あの「持っているだけでうれしい」という感覚が、必要であり、たいせつなのではないかしら。

うーむ、まだ、ならばどうしたらいいかというところが見えないが、「作って、自分たちで満足しておしまい」ではもったいない何か（可能性というべきもの？）が、秘められているように思う。

四人で、玄米菜食の店に行くも、心はずっとそのことを考えて、落ち着かず。

二月某日

新刊本と、それに関連した対談の掲載された月刊誌が同時に出る日。朝刊をとってきて、まず、その広告を見てしまった。

おおー、対談中のこの写真を使ったのか。「顔」については多くを望まないが、広告として目立つのはありがたい。

しかし、こんなに広告していただいて、動きがはかばかしくなかったら、本のせいであり、著者のせい（宣伝不足のせいにはできないので）と、身が引き締まる。「広告に出た今日が、いちばん動く日なのかな」と思ったら、夕方行った書店では、影も形もみつからず。まだ搬入されていない？　荷物としては届いているけれど箱から出しておらず、裏に積まれてあるとか。

私がよく本を購入するインターネットのサイトを見ても、表紙の写真は「画像がありません」。悲しい。

二月某日

六月号から連載をさせていただく月刊誌のところへ、挨拶に行く。その雑誌もだし、発行元の会社とも、はじめてのお付き合いなので。

編集者のかたから、美しい文字の丁寧なるお手紙をいただいたのが、一年前。お会いして、そのときは、すぐには連載を始められる状況になかったが、折々にメールをいただき、他誌の連載がひとつ終わったのを機に、このたびのスタートとなった。

昨年の今頃はじめてお会いしたときは、びっくり。達筆のお手紙から、年輩のかたを想像していたのに、すごく若くて。聞けば、仕事柄、著者に手紙を書くことは多かろうからと、就職後に、ペン習字の勉強をしたそう。

本日、再会して打ち合わせするうち、文庫の話が出た。そうだった！　前回お会いしたとき、そういう話もしたのだった。月刊誌に連載すると、やがてはその社で単行本化、やがてはその社で文庫化、を前提にしているそう。私は文庫が、かなりあちこちの社のに分かれてしまっているので、さらにたくさんの会社になるのはどうかなと。一冊だけ、そちらの文庫に入れていただいても、読者の人にわかりづらいのでは、ととまどううち、その不安を解消する策のひとつを思いついた。

他社で絶版になっている文庫を、そちらに収録してもらってはどうか。そうすれば、書店のその文庫の棚に一冊だけあるという状態はなくなり、何冊分か、ある程度の幅をとって並べられる。

文庫にしてから十年近く経ったものが、そろそろ絶版になり始めているし。

帰宅後、早速それらを探し、宅配便で送る準備。それぞれにつき、簡単な内容紹介などを記し、文庫収録の検討をお願いする文書をつけて。

文庫については、月刊誌と別の編集部の判断になる。どうか、よい返事をいただけますように。

二月某日

司馬遼太郎さんをしのぶ菜の花忌シンポジウム本番の日。あ、いや、本番の前にリハーサルがあったわけではないが、緊張からついこの言葉が。

新幹線に乗り遅れてはいけないと、発車の三十分以上前に東京駅に着いてしまった。

時間つぶしに駅構内の書店へ行き、二冊購入。バッグがぐっと重くなる。これから遠出をしようというのに、本を二冊も買うなんて。しかも、シンポジウム後は、打ち上げを兼ねた立食パーティーがあるので、このバッグをずっとさげていなくてはならないのであった。

ホール玄関からエスカレーターに上ると、ご婦人に声をかけられる。

「あら、今日のシンポジウムにお出になる、お名前、ど忘れしてしまって」

「岸本です」

「そうそう岸本さん、今東京から？」

シンポジウムを聴きにいらしたかたと喋りながら会場入りするのも、めずらしいかも。大阪のかたは気さく。あ、これは全国から応募されるから、地元のかたとは限らないのだった。

控え室は、もう、シンポジウムのようすを掲載する朝日新聞出版局をはじめたくさんのかたがいらして、各社の編集部が引っ越してこられたのではと思うくらい。

過去にお世話になったかた、電話やメールだけで、お会いするのははじめてのかた、いろいろな作家さんの本のあとがきを通して、お名前だけ存じ上げていたかた……。

東京にいるときよりはるかに多くの人が一堂に会していて、集中的にご挨拶。

同じ人に二度名刺を渡しそうになったり、名刺がなくなってお辞儀だけしたり。

司馬さんの弟さんと伺い「まあ、面影がしのばれます」と、司馬さんに似ていらっしゃることを前提にご挨拶し、後で他の人から「司馬夫人のみどりさんの弟さんです」と聞いて汗顔の至り。

でも、髪型といい、学者ふうで、それでいてお優しそうな相貌といい、そっくりに見えた。

帰りは予定より早い新幹線に乗れて、ほっとする。これだと夜十一時前に家に着けそう。

ほっとすると同時に、非常な空腹感（空虚感ではない）に襲われ、車内販売の弁当というものを、はじめて買った。

いけない、いけない、いけない。先日の玄米菜食レストランでの外食に続いて、食養生から逸脱してしまった。

明日は身を慎んで、正しいごはんを家で作ろう。↑帰りの新幹線の中にて、書きながら誓う。↑車内は相当揺れるらしく、字を書いて車酔いに。

車酔いから回復し、静岡駅を通過する頃は、無性に野菜が食べたくなっていた。今日一日、野菜が少な過ぎ。家の冷蔵庫にあるであろうブロッコリーでは足りない。トマト、パプリカ、玉ネギ（?）、キュウリを生噛《なまかじ》りしたい！　東京に着く頃は、もうスーパーは閉まっているか。

二月某日

午前中は、原稿のあらすじ立て。紙の上での下書きにあたるもの。これをおろそかにすると（省略していきなりパソコンに向かうことはないので、必ずすることはするけれど、練《ね》りが足りない、という意味で）、結局後で手こずり時間がかかるので、真剣に。

テーマは、月刊誌の司馬遼太郎特集の中のエッセイで、菜の花忌終了後も引き続き司馬漬け。というより、菜の花忌で他の方々と、司馬作品について語り合い、頭がその回路になってからが、案も浮かびやすかろうと。

書くうちに、案と関係ない記憶まで、あれこれとよみがえり、再び汗顔。シンポジウムで「官女」「副読本」なる言葉が出てきたが、私は、用意してきた紙の上の漢字を見ながら言うためもあり、ついカンジョ、フクドクホンと発言していた。正しくはカンニョ、フクトクホン。

女官をジョカンと読むようなもの。来場者の方々は「この人、もの書きでありながら、なんと国語力がないのか」と呆れていたに違いない。

が、自分に都合の悪い記憶はとりあえず封じて、下書きを先へ進めねば。せっせ（←いそしむ音。音はしないか？）。何たって今日は時間が限られている。

終わったら、俄然《がぜん》、フィルムを速回しにするように大急ぎでお昼のしたくをし、食養生に則《のっと》った「正しい」ごはんを食べ、メールの最終チェックをし、出発。今日の午後からは、前々から決めていた待望の休日。やきものを見に九州へ。仕事でない旅で二泊以上するなんて、いったいどれくらいぶりかしら。

が、羽田に向かう電車の中でも、仕事モードがときどき起動。移動用に買っておいた本を、満を持して開いたら、今現在の私の興味におそろしいほどぴったりはまり、「この著者のかたと何か仕事をしたい。対談をどこかの月刊誌に相談してみようか。企画を持っていくとしたらどこか。前にインタビューでお世話になった、あのかたはまだあの雑誌にいるかしら」「そこから発展して、一冊の本はできないか。アカデミックな先生だから、共著をお願いするより、お話をしていただくのがいいだろう。あるいは、南伸坊さんが前になさった、『××学個人教授』のような、あいう形式はどうか」などと、いろんなことが豆電球のように点灯した。

私って意外と「仕掛けにいく」タイプかも。頭の中でひとりで先走り、つまずくタイプ？

そんなことを考えながら今は、飛行機の中。仕事日記も、数日間休みとしよう。

二月某日

数日ぶりにメールを開くと、この前出した本の初動はかんばしくないとの報。うちひしがれる。内心ひそかにいけるのではと期待し、事実、ふだんより多く刷ってもらっているので、版元にも企画を通してくれた編集者にも、申し訳ないこと限りなし。

次の本の企画はとても出せるタイミングではない。「仕掛けにいく」なんて、とんでもない驕《おご》りでした。

とはいえ、めげてはいられない。あの本に関しては、制作過程で私にできることは終わってしまったが、これからもインタビュー記事の際など、プロフィール中に書名を入れてもらうなど、地道な努力をしていこう。

明日の午前中には、次の本の校正刷りが届く。これはこれ、それはそれと、気持ちを切り替えて臨まねば。

二月某日

迫ってきたカルチャーセンター講師の日のため、話す原稿を準備すべく、机に向かったものの、咳が止まらず。頭まで重痛《おもいた》ーくなってきた。熱も出てきたようで節々がだるい。

思いきり悪く、机の前にいたけれど、意を決し風邪薬を飲んで、布団にもぐり込むことに。たまたま外に出る用事のない日だったのが不幸中の幸い。

これが講師をする日だとか、一時間座ってメイクを施《ほどこ》され（熱のあるときって、人にさわられるのもつらいもの）薄着で撮影のある日だったらと思うと、ぞっとする。

来週はその二つともある週。なんとしても早く治さねば。

二月某日

八枚の原稿を仕上げるのに、一日パソコンにへばりついていた。

書くときは妙なもので、朝ごはんの食器を台所に運ぶ間ももどかしいほど、早くとりかかりたい気持ちと、試験前の学生のように、何でもいいから他のことに逃げたく、不必要にお茶などいれて先延ばししたい思いとが混じり合う。

それをだましだまし、パソコンに向かわざるを得ないところに追い込み、集中力の波を感じつつ、どうにかこうにか「今日はここまでは」と思うところまで、し通す。

今日はそれが、予想よりずいぶん遅くまでかかってしまったが、それを終えて、お風呂に入るときは最高。髪を洗うときなど、凝りに凝ってた頭皮をもみほぐすつもりで。

出た後、すぐに乾かし、着込まないと。完全には抜けていない風邪がぶり返す。要注意。

二月某日

連載のプロフィールのところに付ける写真を、屋外で撮影する予定が、朝から雨。十二回分撮影するので、何着かはおりものを持っていき、かつある程度、春夏でも通用する服である必要があるので、朝、準備しながら、「風邪を悪くしないかな。薄着だし、雨の中、脱いだり着たりは、多少なりとも濡れるだろうし。ほんとうは首までおおうセーターで喉を保温したいところなんだが」と心配になっていると、本日は止りやめ、日延べの電話。この後の工程の人には、無理がかかって申し訳ないが、正直ほっとした。

突然あいた一日。先々に予定している原稿を、下書きだけでも前倒しで進めておき、余裕を持たせることにしよう。

三月

三月某日

午前中下書きした原稿を、お昼ごはん過ぎから書き始めたところ、思いの他長くかかり、リライトに入ったら、夕方六時を回ってもまだ終わらず。

パソコン画面下に出る時間が、六時半を示したところで、ついに中断。七時閉店のスーパーへと走る。明日の取材の準備のため。

フォトエッセイの単行本に載せる、モノの撮影に必要な物を。撮影は朝十時からなので、今日のうちに買っておかないと。

器に盛るドライフルーツ、ご飯……はお米がうちにあるとして、お椀によそう味噌汁の具材となる根菜類。なんとか揃えられ、帰宅後すぐに、リライトの続きを、さっきまでの調子を忘れぬうちに、即再開。

うーむ、予想以上に時間を要した。でも、今日じゅうにできてよかった。そうでないと、中三日間の中断になり、ほとんど一からやり直すのと等しくなる。

しかし、夜の予定が押し詰まってきた。すべきことの優先順位をつけないと。

自分の夕食。これは必ず。根菜の味噌汁作り。必ず。ご飯を炊くのは、明日朝でいい。掃除機をかけるのも、早めに起きて、明日にしよう。髪を洗いたかったが、これはあきらめ、明日は気にならないよう、後ろでピンでひとつにまとめていよう。

あと、明日の撮影の流れを、つかんでおかねば。一月に作った、単行本の構成案で、その中でのモノの位置付けをおさらいし、頭に入れ、デジカメのプリントアウトでモノの確認。とり出しにくいところにしまってあるモノは、今日のうち、出しておく。

あと、クロスが要ると言っていたな。撮影のとき、下に敷くなどしてあしらう布のこと。今回の本はスタイリストさんが付かないので、編集者の人、カメラマンの人、私の三人で持ち寄ることになっている。

そんなこんなをしていたら、寝る時間がどんどん後ろへずれ込んでいく。寝坊しないように、八時に目覚ましをかける。

三月某日

自宅にてモノの撮影の日。狭い家に、人が四人。カメラマン、そのアシスタント、編集、私。アシスタントさんだけ男性。機材も多いので、どの部屋に置いてもいいよう、出入りオープンにする。

クロスをいかにたくさん使うかを、知った。あるだけのを出し、持ち寄りのと合わせて、しわ伸ばし。私ははじめ「使うのを選んでおいてもらい、それにアイロンがけをする」のかと思っていたが、そうではなく「どれも使えるよう、すべてをアイロンがけしておいて、その場その場で選んでいく」のだと悟った。

撮影が進行している間、私は別室でひたすらアイロンがけ。編集者の人には、撮影のディレクションという任務があるので、私がいちばん暇なのだ。アシスタントさんが取りに来ては、アイロンが上がったのを持っていく。撮影の進むのと競争だ。イギリスだったかのチャリティで、二十四時間アイロンマラソンというのがあった気がするが、それを思い出す。

「うーん、いい感じ」

「欲しい！　って言ってくる人、絶対いるね」

興奮ぎみのうめき声が、リビングから聞こえると、私の撮ってもらおうと思ったモノに、カメラの人も反応してくれているのがわかって、うれしい。時折り、ファインダーを覗かせてもらうと、私もうめく。

ふだんテーブルウェアとしている布だと、色みが決まってきてしまうので、バリエーションを求め、エプロンまで、収納から出してきて、登場させることにした。

日のあるうち自然光で撮るため昼ご飯の時間は設けず、撮り続ける。残りの点数が見えてきたところで、休憩。多めに作っておいた根菜の味噌汁と、四合炊いておいたご飯と、撮影用に焼いた塩ザケ二切れを四人で分けて、お昼代わり。若者（アシスタントさんのこと）は足りなかったろうな。

持ち寄った布や小物がそれぞれ生きて、スムーズに進む。

コミュニケーションのだいじさを、ここでも実感。例えば、ご飯と味噌汁をよそったモノを撮るとき、カメラの人が「ここでは何を言いたいんでしたっけ？」と聞く。

そのとき「生活の中での、っていうこと」とかと、答えられなければならない。それによって撮り方が違ってくるので。

ひびのある置き物なども、ひびに込められた歴史、ひびにまつわる思い出がストーリーとなるなら、ひびを隠さず、むしろわかるように撮る。そういうこと。「昨晩、どんなに眠くても構成案をおさらいしておいてよかった」と内心、ほっとする。

明日午前中まではかかる予定が、一日で終了できた。あとはデザイナーさんがレイアウトして、文章量の出てくるのを待ってから、執筆にとりかかる。

三月某日

月刊誌の連載の題材が三回分思い浮かんで、編集の人に知らせのメールを書きながら、ふと気づいた。

あと一回で、ちょうど一年連載したことになるんだった。とりあえず一年ということで始めた記憶があったので、「三回分記しますが、あと一回でまる一年になるので、誌面刷新などあれば、もちろんこれにこだわりません」と付け加える。ずっと続けるつもりになっているという印象を与えると、先方も断りにくかろうからと。

かといって、一年で止めたがっているように思われるのも不本意で、気持ちとしては、もう一年続けられれば続けたいから、先方に負担をかけずに、伝えるのが難しいところだ。

果たしてメール送信後、電話をいただき「岸本さんも書いて下さっていたように、ちょうどリニューアルをしようと思っているので、一年連載して下さったところで」と、礼を尽くして告げてきた。

大人のやりとり！　誌面刷新、リニューアルという言葉は、こういうとき実に救いとなる。「あなたの連載だけが打ち切りではないのです。全体的なことなのです」ということで、言う方にも言われる方にも苦痛がなくてすむ。「あなたの連載」への評価の問題を入れずに、終了の決定が下せて、かつ、受け止められる。私のメールは、その、円満裡に終わらせる方法を、提示した形になったかもしれない。

一年か。ふだん、結果的に二年、三年と続くことが多い経験からすると、あっけない気もするが、広告媒体では、通常だな。

連載が終わるといつも、解放感と一抹のさびしさと不安とが混じり合う、複雑な気持ちを味わう。

もう〆切りを気にしなくていい。月々の〆切りがひとつ減った。そのことにあてていた時間を、書き下ろしなど、他の原稿にあてられるという解放感。

さびしさとは、継続を求められるほど、熱烈な支持でもなかったのかな、という。広告媒体の場合は、読者の他に、広告主の意向という要素が入るので、このさびしさは、やや薄れる。

不安とは、俗なようだが「月々、この分の原稿料がなくなって、だいじょうぶかしら?」「この他にもどんどん終了になっていったら、どうしよう」と。これについては、「でも、そう言いながら結果的に二十年近く、なんとかなってきているじゃないの」という、同じくフリーランスの女性に言われたことが、何の保証でもないけれど、妙に説得力ある励ましとなっている。

どの連載にしろ、良好な関係で終わる、ということはとてもだいじ。「また機会があれば、よろしくお願いします」と言っても、社交辞令であって「またの機会なんて、ないものだろうな、ふつう」と思っていたのが、何年もしてから、別の雑誌でお世話になることって、少なくないのだ、ほんとうに。

だからいつのときでも「ありがとうございました。またよろしく」とお互いに言い合って、気持ちよく別れる関係でありたいもの。

三月某日

メールの受信トレイを開けたら、連載が終了になると決まった編集部の人から、お礼のメール。「毎号、読者からのお手紙がたくさん届いています」との内容で、読者の支持がないから終了なのではありませんと、言外に告げてくれるもの。著者がこういうとき感じるさびしさを、見越してのフォローだろう。

時間的に電話の後、すぐに送って下さったようで、温い温い心づかいに深く感謝。私も、それに応えねばと、強く思う。

三月某日

女性雑誌でのファッションの撮影に備えて、打ち合わせ。四人もの人に、近所まで来ていただき恐縮。私一人が動く方が効率的なのに、今日は、都心へ出る時間がとれなかったので。

服飾アドバイザー、アドバイスに基づき服を実際に揃えるスタイリスト、ファッションや美容に詳しくそのページをまとめるライター、そして編集者の四氏。

「あの店のまん中にディスプレイしてあったあのワンピースなんか、合うんじゃない？」

「ああ、でも、あれは長袖だったかしら」

ここへ来るまでにも、ショップを下見し、この後も、あちこちを回って、私の体型、イメージに合いそうなものを探しにいくという。そのための、すなわち、服選びの前提となる、私の特徴をつかむための打ち合わせでもあった。

ファッションといえば、行って用意してある服を、そのまま着ればいいのかな、くらいに考えていた私は、これほど多くの人が動き、念入りに下準備をすることを知り、頭が下がる。

いわゆるファッション雑誌ではなく、女性向け一般雑誌の中のページではあるけれど、「やるからにはベストを尽くそう」「自分のできる限り完全なものにしたい」という意志が感じられて、そういう人と仕事をするのは、ほんとうに気持ちよく、うれしい。

三月某日

先日打ち合わせをした女性誌の特集は、詳しくはファッション編とメイク編に分かれていて、本日はメイク編の方の撮影。

二種類のメイクに対し、時間は五時間とってあって「二カットの写真にしては、ずいぶん長めだな。まあ、きっと念のためということでしょう」と思っていたら、早とちり。二カットではなく、メイクのプロセスも撮るそうで、計何カット？（数えなかった）結果的に七時間近い長丁場となったが、案外と疲労は軽い。

ひとつには、ずっと座りっぱなしでメイクされるのでなく、少し手を入れては、カメラをセットしてあるところへ移動し、再びメイク室に戻りと、こまめに立ち歩いていたからだろう。

もうひとつは、ヘアメイクの人の仕事ぶりに感動したせい。

化粧品会社の人でもあるので、その社の製品、社として打ち出す定型的ノウハウを、私に「あてはめる」ものかと思っていた。が、実際は逆で、まず先に、私を知ろう、ありのままの私を受け入れるところから始めようという姿勢を、接し方や、声、手を通じて感じた。私の書いたものまで、この日のために、読んで下さっていた！　別に、そこで本の話をするわけではなくても、その人の発言として文字に残るわけでもないのに。

世界的に活躍しているデザイナーのショーや、有名な女優さんモデルさんのメイクも担当している人なのに、相手がいわゆる大物であるかどうかに関係なく、知る努力、その人の何かをひき出す努力を惜しまないことに、敬服。

同じ働く女性として学ぶところ、大だった。

このところほんとうに、人との出会いは「吉」みたい。

三月某日

はじめて見る名前のかたからお手紙。十年近く前、一冊だけお世話になった出版社の編集者で、また何かエッセイ集を、とのお誘い。前の本の人とは別だが、そのときの人とも社内で連絡がよくとれているようで、そうした態勢にも信頼感を抱いた。

私の仕事は、本を出してくれる人がいなくなってはおしまいだから、こうして、書くものに関心を寄せてもらえることは、ありがたく、うれしい。

今一冊にまとめられるだけのエッセイはなく、せっかくのお話にすぐに応えられないのが残念で心苦しいが、ともかくも、その気持ちだけは伝えるべく、手紙をいただいたお礼とご挨拶のメールを送信。

早く何かその人と仕事をしたいと思うが、現実は、五枚のエッセイに二日かかっている始末。需要と生産力が合っていないというべきか。求められるうちがハナなので、待ちくたびれて、先方の心が離れていかないことを祈るのみ。書き下ろしの約束、雑誌などに書いたエッセイのまとめの約束が、それぞれいくつ、どの順序であるのだか、どこかでちゃんとおさらいし、把握しないと。

三月某日

二日かかって原稿を書き終え、メールで送り、安堵感と解放感とに満ちて、夕飯の買い物に出かけ、帰ってくると、留守番電話とメールに、メッセージが入っていた。原稿を受け取った人から、読んで気のついたことと、いくつかの提案。

メールを熟読するうちに「ああ、なるほど、このような筋道で読んだのか、それだとたしかに、こういう点が足りないと思うかもしれない」と理解。

それに対して、何らかの対応をしなければならないが、二日間文章を入れ替え、語句を並べ替えして、仕上げたばかりの今は、これ以上もう組み直しができないような頭になってしまっていそうなので、少し時間をおくことに。問題は早く解決したい気持ちを抑えて、予定通り夕飯を作り（↑こういうことも、仕事の上ではとてもだいじ。↑夕飯を作ることが、ではなく、あえてこういう間をとるのに耐えられることが）、食事をすませてから、再びパソコンに。

メールと、自分の送った原稿とを再度熟読すると、なるほど先方がそのような筋道で読むこともじゅうぶんあり得ると、そういう読み方をも成立させる不正確さが、自分の文章にはあると感じた。

先方の提案する方向の直しとは異るが、より正確さを期すように、要所要所を加筆修正。全体の構成や趣旨は変えず、かつ、全体の文章量にも影響しない範囲で、最少限の修正で、企図を実現できるよう。このへんが技術を問われるところか。

正確さは何よりもだいじだと、改めて思う。

思いがけない指摘を受けたときは、とまどうが、よくよく読み返すと、たしかにそういう読み方もできてしまう余地が、たいていの場合、文章にあるのだ。一瞬のケアレスとか、表現の行き過ぎとか、リズムを優先し意味に対しておおまかになった箇所とか。

喩《たと》えていえば、書く方は、頭の中にあることを、言葉によってトレースし、少し線がぶれても「うん、ほぼそのとおりなぞれている」と容認できる。でも読む方は、最終的にどのような像を結ぶのかわからぬまま、一語一語をつなげていくのだから、ちょっとまぎらわしいところがあると、書き手の思う線からそれていき、全然別な形になって、しかもその形のおさまりの悪さにとまどうのだ。

このことをよくよく心しておかないと。

たまたまいなくて、メールによるやりとりになったのは、よかったと思う。電話だと、先方の提案に対し「ああ、そこのところは、これこれこういうことを言おうとして」と、説明してしまったかもしれない。それでは、その人ひとりに理解してもらうことはできても、読者への対応にはならないのだ。掲載誌を買う、何万人のひとりひとりに「そこは、こう読めるかもしれないけれど、私としては、こういうつもりで」などと説明して回るわけにはいかないのだし。

こうしてみるとメールというのも、なかなかよいツール。これをこの出来事の「まとめ」の感想とするのも、ちょっとズレているか。

三月某日

先日のメイク編に続いて、ファッション編の撮影。全身が入るので、立って撮る。

私はもともとの目鼻だちが笑顔なので、見ている人から、「ふだんと変わらない」

「自然」と言われたが、実は極度に緊張していて、後ろで手を組むポーズだったが、ふと気づくと、両の掌が汗でぬるぬるだった。背筋ものすごく凝っていたに違いない。

一つの服で撮り終えて、メイク室に戻り、ヘアセットのし直し。編集の人が持ってきてくれた桜餅と草餅を、思わず食べる。

「こんな甘いものを二つも食べたなんて」われながら驚くと、「すごくカロリー消費したと思いますよ。次もあるから、それくらい補給しないともちません」。そう言うメイクさんも、ブラシを持った手を動かしながら、編集の人に草餅を口に入れてもらっていた。

今日はメイクのときのようなプロセス写真はなく、二種類の服を着て、一カットずつ撮るだけだから、時間もそれほど要さないだろうと思っていたら、それは間違い。七時間近くたっぷりかかった。

写真家の人がその服から引き出したいものと、スタイリストさんの靴や飾り物との合わせ方、ヘアメイクの仕上げ方の三つがなかなか焦点を結ばず、試行錯誤。シャッターを押すに至らぬまま、時間がどんどん過ぎていく。

途中、割れた電球の破片でスタッフのひとりが足を切る、撮影セットの一部が倒れる、届くはずの靴が到着しない、などのアクシデントが続出し、「今日はたいへんな日かも」と思う。

その中で、もっとも年長の服飾アドバイザーの女性が、まったく動ぜず、穏やかに、かつ落ち着きはらっているのが、ありがたかった。その世界の第一人者であり、スタイリストさんとともに着るものを選んだ人で、写真の人がなかなか首を縦に振らないことに、私はひそかに、その人の心中を慮《おもんぱか》ったが、後で編集の人に聞いたところ、その人は気を悪くするどころか「あれだけこだわっているから、きっと、変えていくごとに、どんどんいいものになっていくわよ。私も見ていたい」と、むしろ楽しみに、見守っていてくれたとか。

要求に黙々と応え続けたスタイリストさんとヘアメイクの人も、りっぱである。これも後で、アドバイザーさんが「すごくいいものになったわ。スタッフの人も優秀だからよ」との言葉を残していったと編集の人から聞いたときは、二人とも、むろん私も感動した。

それにしても、今回の撮影は、勉強になった。一致点になかなかたどり着かなくても、対立するわけでなく、ひたすら模索を続ける態度と、その集中の持続。業種は異るけれど、同じ働く女性として、見習いたい。

服を着替え、洗顔した後は、スタジオにとってあった、かっぱ巻きといなり寿司を、怒涛のように食べた。終わった後のこういうひとときが、とても楽しい。あれだけ炭水化物をとったのに、帰宅後、測ると、体脂肪は二パーセント落ちていた。撮影ダイエットって、あり得るかも。

三月某日

三枚の原稿に、思いもよらず呻吟《しんぎん》する。調理、食事、洗い物に要した時間など、書く以外の時間をすべて引き算して、十二時間かかった。

短いので、一日あればじゅうぶんと思ったが、始めてみて、これは意外と禁じ手が多いとわかったのだ。

新聞に載せる「女性の視点から見た歴史観光の魅力」がテーマのエッセイだが、歴史観光地百選といった企画とからむので、具体的な場所を挙げて、その体験談で展開するのは、公平性という点で、問題がある。

場所の方は、抽象的にとどめ、女性の視点という方を、具体的に書き込むと、ジェンダーにひっかかる危険がある。例えば、女性だから優美なものにひかれる、といった、文脈のつくり方は、女性誌ならむしろ許されるが、さまざまな読者のいる新聞という媒体では、避けるべき。

かといって、無難なところで、癒しとしての歴史観光でまとめるのは、自尊心が承知せず。

あっちに寄っても転び、こっちへも逃げられずで、身動きがとれなくなってしまった。何度も何度も書き直し、頭の中は膠着《こうちゃく》状態。

それでも、少しずつ前進し、夜の十時頃には「これであと四時間くらい苦しんだら、なんとかでき上るだろう」みたいな手応えを得る。こういう予想がつくようになるのも、妙なものだが。

予想通り、夜中の二時過ぎ、ようやく終了。

ひとつ踏み外すと成立しなくなってしまうような、狭い狭い隘路《あいろ》を、勘と経験を頼りに、際どいところを探りながら少しずつ少しずつ進んで、どうにか通り抜けおおせるような仕事には、のびのびと書ける原稿とはまた違った、職人としての力量が試されるような快感がある。これも妙なもの。

何も夜中の二時まで書かなくたって、十二時前に寝て、明日の朝二時間、続きをすればいいではないかとも思うが、「やり遂げた」という達成感に満ちて眠るのと、「できなかった」という挫折感を抱えて眠るとでは、眠りの質も、目覚めの気分も、全然違うだろう、きっと。

おお、こんなことを書いていたら三時過ぎ。早く(今さら「早く」でもないが)寝ないと。

三月某日

今月末〆《じめ》から、新連載の原稿が始まる。はじめてなので感じがつかめず、「一回に買い物の話で十枚なんて書けるかしら」と不安だったが、下書きの案を作ってみて、どうにか十枚は行けると確信。それだけで、かなりほっとした。

そのことから逆に、新連載の原稿が今月からあるというだけで、自分がいかに緊張していたかが、わかる。昨日も、「四月の上旬、三泊四日で沖縄に取材に行きませんか」との仕事が来たが、返答するにも、心の中で「でも来月も、始めたばかりの連載の〆切りがあるし、四日もあけてだいじょうぶだろうか」と、そのことが第一にひっかかって、二泊にするか三泊にするか、保留させてもらったのだ。

このぶんだと四日も可能かも。しかしメールをどうしよう。五年以上使っていないノートパソコンを持っていくか？　どうやってインターネットにつなぐのかな？　そのへんにまったくうとい。

三月某日

沖縄取材は、飛行機の都合で、おのずと三日間になるとのこと。悩むより先に、決着がついた。

家で原稿を書いていて、あと400字ぶんリライトしたら完成という、ラストスパート状態に入ったところで、電話が鳴る。別の雑誌の編集部から。連載原稿をゲラ（校正刷り）にしようとしたところ、196行になるはずが40行くらい足りないと。

あーっと心の中で叫んで、察した。一枚ぶん、間違えたのだ。

パソコンの画面上、40行を一枚として、打っている。196行は四枚と36行。すなわち五枚めの36行までなのだが、四枚と36行の「4」が頭にあるので、画面上のページ表示の4の数字が目に入ると、瞬間、「あ、このページの36行めで終わりか」と錯誤しそうになる。それが「しそう」ではなく、ほんとうに錯誤したらしい。連載も三年めに入った今頃、その間違いをおかすとは。私の勘も鈍ったもの。

原稿を送ったのは、ひと月も前なので、先方も「すみません、もっと早くに気づけばよかったんですが」と謝っていた。ということは、猶予はない、急いで40行書き足さないといけない状況か。

「私、明日は一日外で用事で、この作業にとりかかれないんです」というと「では、明後日に」と苦しそうな声である。

集中力の途切れぬうち、書きかけの原稿を先に終わらせ、ただちにとりかかる。

明後日は休日。今日の夕方するつもりだったことを、明後日に回せばできる。

すると、また電話。明日、単行本の打ち合わせをする予定だった人から。「実は、私、異動になって、今日発表されたんです」。おーっと再び、声にならぬ叫び。そういう時期か。そういうものが、あったのだ。

明日の打ち合わせは、とりあえずなしにし、四月以降後任の人が決まってから、引き合わせ兼、新たに打ち合わせを始めることに。

不安。今の人は、私の本を作ることに、とても熱心だったので。次の人も、私の書くものを面白がってくれる人だといいけれど。でないと、同じ会社でも、出版がはたと途絶えてしまうのだ。

そういう感慨は後にして。明日は、午後のまん中に、その人のところへ訪問する予定を入れていたが、それがなくなるとすると、できればその後の用事を、くり上げたい。直前で申し訳ないが、相談できれば。それには少しでも早い方がと、置いた受話器をまたとり上げる。幸い、つながり、わがままを容《い》れてもらった。

さて、40行書き足す方へ、頭を戻す。その後も、二回電話が鳴って、出てみたら二回ともファクスで、それぞれ別の雑誌のゲラのようだったが、ともかくもキーボードに向かい続けた。

加筆を終え、メールし、ゲラを確認、直しが少いのでメールで返信、二つめのゲラを読み、それも、メールで戻し……。テニスの試合で、打ち込んで決まり……かと思ったら、ホームポジションに引き返す間もなく飛んできたのでボレーし、またすぐに飛んできたのでボレーし……と、ネット際にずっと張りついていた感じ。テンションの高い状態が続いていたような、調子がとれずにいたような、妙な一日だった。

それにしても、異動とは。

三月某日

「週刊××で温泉旅館の推薦をしてましたね」

知り合いから言われて、思い出した。季節を楽しむおすすめの宿をどこか一軒とのことで、電話取材を受けたし、その後、校正刷りもファクスされてきたのであった。

あれはどのくらい前のことだったか。

週刊誌というサイクルからすると、校正してからだいぶ経つから、もう出ているんだろうけれど、私のもとには届いておらず、人から聞いて知る始末。

電話取材して来た人に確認しようと思ったが、出版社から請け負っているフリーの人で、連絡先がわからない。ファクスは返し終わると、処分してしまったし。電話取材のみだから、名刺も交換していないし。

掲載誌が送られてこないだけならまだいいが「ギャランティは、ちゃんと振込まれてくるのかしら」とやや不安。

電話で話し、話す前には調べ物もし、後日校正もしたあれは、「仕事」であったと思っている。宿の写真を撮りにいくというから、話がスムーズに通るよう、その宿に私から電話でお願いをしておくという、サービスも付加したのだけれど。

しばらくの間、銀行口座への振込みに注意していて、ないようだったら、編集部の番号を調べてでも言った方が、釈然としない気持ちを残さぬためにも、いいだろう。でも、こういうのは、支払いが二カ月くらい後になるので「注意しておこう」と思っても、忘れてしまうのが常。

三月某日

温泉関係が続くときは続くもので、今度は月刊誌の編集部から、おすすめの豪華旅館という電話取材が来た。やはり、フリーの人である。

豪華というからには、価格帯でどのくらいのところを挙げればいいのかと聞くと、いくらいくらで、何軒で、という。宿名だけでいいのか確認すると、場所も併せて、とのこと。すると、こちらとしては候補の宿の料金や、住所を、何かで調べるという作業が発生するわけである。いったん切って、調べた上で、お答えしたが、最後に「これは、ギャランティをお支払いいただける仕事と考えてよろしいんでしょうか?」と正した。

編集部に確認するとのことだった。

しばらくして、またかかってきて、さきほど挙げた宿のそれぞれにつき、おすすめの理由のコメントを付けてくれという。

私も今度は、答える前に「さきほどお伺いしたことと関係するんですが、これはお支払いの伴う仕事としてお受けしてよろしいんですか？　単なるアンケートでご協力できる範囲を超えています」と言った。仕事でなければ、まったく知らない人と夜の十一時過ぎに温泉談義をするいわれはないのだ。

それは、あの後、確認して、お支払いするとのことだと、先方。だったらそれを先に返事すべきではないかしら。

「仕事として受けるとなったからは、憮然とした声を出してはいけない。嫌なら断ればいいのだから。断らない限りは、他の仕事とまったく同じに、感じよく応対せねば」と自分に言い聞かせていたが、やっぱりがまんをしていたかも。

でも、仕事にはがまんはつきもの。それよりも、支払いについて自分から聞いたことで、いいとしよう。お金に関することは、口に出しにくく、ついうやむやにしてしまいがちだが、胸の中でわだかまらせているよりも、気になるなら言った方がずっと、潔いのだ。

四月

四月某日

今日から新年度。といっても、昨日の続きの原稿を書いているので、特段改まった感はない。人事異動も、直接お世話になっている人はひとりきりだったし、次の人を交えての引き継ぎを兼ねた、ご挨拶兼打ち合わせもまだ。

改まったことといえば、そう！「岸本葉子ファンサイト」の名称が「岸本葉子公認サイト」に変更されました。

読者の女性が作ってくれているもので、私からは、忘れない限りできるだけ、新刊や雑誌等に載る予定をお知らせしている。とはいえ、先月書いたように、知らない間にもう出ていた、なんてケースもあるので、完全ではないのだが。

そういうしくみなので、実質的にすでに公認サイトであったけれど、これまでその語を私から提案しないできたのは、公認とつくことでプレッシャーになってはいけないと。

サイトをずっと運営していくのは、すごくたいへんなことだと思うので、あくまでも楽しんでできる範囲で、そして、少しでも負担に感じたら、いつでも止めていいように。その性格づけを守るには、公認としない方がいいかと。

でも、人と話してみると、公式ホームページと思っている人もいるようで、それならばいっそ公認とうたった方が、自主独立を保つものであることがわかりやすいかなと。玄侑宗久さんが、公式と公認の二つの言葉を使い分けていることからも、その方法を学んだ。

なので、名称は変わっても、性格は変わりません。せっかく、どこからの支援も受けず、好きでしてくれているものだから、正確な情報提供をめざすより、趣味、思い入れ、個人的解釈、何でもいいから、のびのびと作ってほしいというのが、私の願い。サイトを訪れる人も、そういうものとして、温かく見てほしいというのも。

そうであっても、情報提供に果たしてくれている役割は絶大。本の新聞広告なんて、その日きりだし、新聞広告されないこともあるから、どうかすると「こういう本が出た」ということが、私の本を待ってくれている人に知られずに終わりかねないので。

最近は、私の出るセミナーなどの主催者も「サイトに載せていただけますか」と聞いてくる。それがプレッシャーになってはいけないけれど、一度セミナー主催者がファンサイト割引を設けてくれたことがあり、それはそれでとてもうれしかった。誹謗《ひぼう》中傷も飛び交うというネットの世界だが、そんなほっとする交流もあるのだ。

四月某日

明日に迫った打ち合わせに向けての準備。料理本の続篇を作るべく、今あるレシピと食材とから、構成案を考える。

このことあるに備えて、日頃から、「おっ、この料理、いいかも」と思ったら、ノートにメモしておいたのだ。

めくり返してみると、しかし、意外に種類は多くないことが判明。食養生との関係で、肉、卵、乳製品、香辛料、ハーブは使わないから「ベーコンを加えれば洋風に」「ハーブと香辛料でエスニック風に」と、ひとつのレシピから派生的に展開できないのが、難である。

が、逆にいえば、そうした制約があるがゆえ、素材そのものを味わう料理になるのであり、それだからこそ、料理本が成り立つわけだから、難とは、けっしていえないいな。

ふだん使っているレシピだと、料理本一冊ぶんくらいになることがわかった。するると、次に食の本を作るとしたら、新しいレシピ紹介！　ではない気がする。本にするため無理にレシピを開発するのは、生活に基づくエッセイではなくなってしまうから、食に関して、ふだんの暮らしの中から自然に引き出されるテーマというと、むしろ、それらの献立の、日常における回し方。料理だけをしているのではなく、仕事にも行き、他の家事もする中で、いかに実践しているか、ではないかしら。

疲れてしまって、作る余力なく、「体によくない」ものを食べてしまったとか。でもそれが結構おいしかったとか。食べ過ぎたので運動しなきゃとか。寝る前に食べてはいけないというけれど、つい……とか。

そういった、食を中心とする、習慣、心の中の決めごと、努力、工夫、反省などの気持ちの揺れ。

いけない、先のことまで考えすぎた。まずは明日の打ち合わせに向けて、構成案を完成させねば！

四月某日

構成案をもとに、三人で打ち合わせ。プロデューサー的立場で関る出版社の編集顧問の男性と、編集にあたるフリーの女性。

構成案には、根菜の料理が多かったので、野菜全般にせず、根菜に絞ろう、それが私の野菜を食べるスタイルの特徴だし、となった。

しかし、二人とも料理好き。話していると、じかに伝わってくる。「キュウリの代わりに、根菜で塩もみに合うのって何かしら」「カブ！」「ああっ、カブの塩もみ、おいしいよね。キュウリよりも早くしんなりするくらいだしね」最後のコメントは、なかなか出ない！　ましてや男性からは。

「ほんとうに、日頃から作っている人なのだなあ」と実感した。

その場でみんなで立て直した根菜のみから成る修正版の構成案に基づいて、女性がまず、ページ割りを作ることに。

実際に料理撮影の日となるまでに、私もせっせと、試作しよう。

四月某日

雑誌に書いたエッセイの校正刷りがファクスで送られてきて、使われている顔写真が、割とよくて、気をよくする。その会社で、対談か座談会をしたときに撮影し、ストックしてあった写真だろう。

ファクスを返送するとき、連絡文に付け加える。「いただいたファクスでは、写真が実物よりずいぶん若々しいことに、気をよくしています」

先方からも、ファクス受け取りの知らせとともに、

「写真は、最近の中のから〝厳選〟させていただきました」との追伸が。

「実物よりずいぶん若々しい」ことを否定しないコメントに笑った。気のおけない相手との、こういう当意即妙なやりとりは、ほっとする息抜きといえる。

でも、先方は頭のいい人だから、「あえて」の部分はあるかもしれない。そのエッセイは、かなり慎重さを要するテーマで、校正刷りを出すに至るまでには、書き直しを含む、言葉を選んでの原稿の受け渡しが、二人の間にあったのだ。

それを、最後にあたってやわらかくほぐす、いいやりとりになったという、満足感にしばしひたる。なんて、難しげなことを言っているけれど、それも、これも、結局、写真が気に入ったからハッピーなのだったりして。単純。

四月某日

今月前半は出張が多い。鳥取に一泊二日して、次の日は家にいて、その次の日は朝五時前に家を出て、沖縄に二泊三日。

朝五時前に出る前の晩は、さすがに早く寝た方がいいから、鳥取に行く前に、沖縄の仕度もしておくのが理想。鞄はひとつなので、荷作りまではできないが、詰めるべきものを準備しておくだけでも。

今日は一日、鳥取で話すことの草稿作り。話すのは一時間半だが、書くのはずいぶんかかるもの。

夕方終わって、「まだ間に合う」と、沖縄で着る物を揃えに、近くのスポーツ用品店へ。カヌーを漕いで、夜はホタルを見ることになっている。

カヌーでは短パン、中味が濡れないリュック、ホタルのときは、蚊が多いので肌が隠れる服装（→すると長袖、長パン？）、雨具が要るそう。

短パンはためらわれるので、膝下までのハーフパンツを。それと長ズボンを、まず探す。

カヌーは、前に取材で漕いだ経験では、水しぶきが結構かかる。綿パンの女性は風邪をひいていた。速乾性のある、ナイロン製にする。

今のパンツ全体が、股上が浅く、座ると腰がほとんど出てしまう。それも風邪のもと。流行だからといって、何もスポーツウェアまで、それに従わなくてもいいのに。かっこうより実用性を第一にしてほしい。

女性用は特にそうなので、あえて男性用の中から数点選び、試着室では、実際に足を床に投げ出して座る、カヌー内での姿勢をとって、ウエスト後ろの下がり具合や、腰回り、腿のつけ根の締めつけ具合を確かめた。短パンは男性用のM、長パンに至っては男性用のLを購入。

上半身は、速乾性の長袖Tシャツ、空色と橙の二枚を買った。自然がテーマの特集だから、明るく生き生きした色が、写真としてもよかろうと。

何かと出費がかさむが、まあ、これからも似たような服装が必要なときはあるでしょうということで。

中味の濡れないリュックは、「中味をポリ袋にくるんで入れれば、防水できるので同じだ」と、うちにある、ふつうのですませることに。雨具も、たしかあった。

買い物ができて、ほっとする。前日だと、必要なものがうまいことなかったとき、焦り、閉店時間や、早めに夕飯をすませて寝ないといけない時間を気にしながら、追い立てられるように店々を回ることになる。あの思いをしなくてすむだけでも、鳥取前にすませられてよかった。

四月某日

鳥取に昨日の夜着いて、今日の午前中は「こぶし館」にてお話。この地でホスピスケアをする有床診療所を開いている、徳永進先生が建てた、地域における公民館のような存在といえばいいか。

二階には宿泊もできる洋室と和室とがあり、始まるまでの時間、洋室にいながら「ああ、私の住みたい部屋って、こういう部屋なんだなあ」とつくづく思った。

木の床、落ち着いた色の木の家具。九年前、今の家に引っ越してきたとき、こういう部屋を目指したつもりなのに、家具についてはかなり近い趣味のものを置いているとと思うのに、何が違うのだろうと考え、「壁だ」。いちばんの差異はそれ。

聞けば、鳥取の職人さんの手による漆喰とか。マンションの私の家は、色は同じ白っぽくても、ビニールの壁紙（壁紙は紙にあらず）。壁、天井は面積が大きいので、全体的な印象を左右しそう。

こぶし館も、見学させてもらった野の花診療所も、内装といい、古めかしい和洋家具ふうの調度といい、自然素材のファブリック、窓のとり方、外の風景の見え方といい、私の抱く、家というものの理想が、そこにはあった。見るからに心地よい風が吹き抜けていきそうな。

お話をしにいって、インテリアばかりに注目しているのも何だが。

午後は、野の花診療所のスタッフによる「発表会」がある。医師、看護師、鍼灸師、心理士、厨房など、それぞれの立場で気のついたことを、四分にまとめて、話す。私もそのひとりとして発表。制限時間の四分を超えないよう、台所からキッチンタイマーを持っていった。

いつもながら、人前では少し緊張する私だが、緊張はどこかで続きつつも、居心地のいい雰囲気の中にいた一日。

帰り、鳥取空港で、搭乗を待っていると、声をかけられる。「こぶし館にいたんです」。はるばる東京方面から来てくれた人がいたとは。空港まで着いた気のゆるみで、私、大あくびなんてしていなかったかな？

四月某日

鳥取と沖縄との間の「中日《なかび》」。明日は朝四時前には起きるから、七時間前、明日の動きを考えれば体力温存のため八時間寝ておくのが理想として、夜八時就寝をめざすとし、それには何時には何を……と逆算の一日。夕方ラジオの収録があるが「終わりは何時でも……」というと、必要以上に延びかねないので「四時には出たい」と、前もって言う。昔はそういうことができなくて「はあ、何時でもいいです」とついつい周りの雰囲気に合わせ、後で焦ったり、どうかすると人を恨んだりしてしまっていた。そういうのって、事勿《なか》れ主義とさえもいえない。それからすればだいぶ進歩（単に図々しくなっただけか？）。

予定よりずれ込んで夜九時過ぎ、歯みがき、洗面をすませ「キリがないから、もうパソコンの電源は入れまい。いや、これを行く前最後のメールチェックとするぞ」と、電源を入れたら、おお！　ひと月ほど前こちらから相談した件への、お返事メールが届いていて、「これはやっぱり三日後まで放っておけない」とキーボードに向かったら、長文のメールになってしまった。

予定よりさらにずれ込み十時二十分に、寝る部屋へ。あと十分すれば、今日収録したラジオが始まるはずで、どんなふうに編集されているか聞きたいものの、そんなことをしていたらさらに遅くなるーと、思いを断ち切る。後日、テープで聞くことにしよう。

四月某日

昨日は四時起きの上、夜はホタル観察があり、長い長い一日であった。本日は終日、カヌーツアー。漕いで、山を上り、下り、漕いで、海（干潟）を歩き……。

これもまた人に話したら「仕事でそんな体験できるなんて羨ましい！」と言われるかもしれない。そういう面はある。逆に「仕事で」ならではのつらさは、自分がどんな体調でも、どんな状況であっても、それをしなければならないところ。「状況」の方は、さすがに身内が亡くなってまでカヌーを漕げとは言われないかもしれないが（でも、出張のたびに、あるいはセミナーの講師などを引き受けるたびに、当日、それに類することが何か起きたらどうなるのだろうと、ちらっと頭をかすめる）、体調の方は、熱があるときに、漕いでみんなについていかねばならなかったり、水に足をひたして歩いたりするのは、苦しそう。

そうならぬためにも、体調管理と、それに伴うプレッシャーは、仕事には常に含まれている。「羨ましい！」というのは、元気いっぱいで活動意欲も旺盛で、その上で「ただでカヌーを漕げるなんて！」と想像するところから出てくるのだろう。

でも、何だかんだ言いながら、本日の私は体調もよく、無事カヌーツアーを終えて戻ってきた。明日か明後日に来るべき筋肉痛が少々怖い。

四月某日

西表島と石垣島を結ぶ航路は二つあって、帰りは、揺れる航路の方に決定。乗る三十分前に、酔い止めのアンプル剤を、すばやく飲む。このことあるに備えて、行きの羽田空港で買っておいた。

取材で回るうち、一便遅い船にすることになり、「く、薬の効力が切れる」と内心、案じたが、どうにか間に合ったみたい。なるほど船は、気流の悪いときの飛行機のように上下したが、なんとか酔わずに到着。難関をひとつくぐり抜けた。

石垣から那覇、那覇から羽田へ。機内で新聞を借りて読むと、那覇で積んだのか、全国紙でも西部本社版だった。

テレビ欄を見ると、先週始まったドラマ「柳生十兵衛」が載っている。「あらー、九州は放映が遅いのね。東京では先週放映されたのに、一週間も後になるのね」と考えてから、よくよくあらすじを読めば、今日は第二回なのだった。一週間後《あと》なのだから当たり前なのに、そういうふうに頭が働かないのは、自分でも気付いていない疲労ゆえ？

夜十一時半帰宅。所要時間を思うと、西表はやはり遠い。

メールへの返信を始めると、時間はどんどん経っていくもの。全部は無理でも、三日前に来た問い合わせには、さすがに答えた方がいいかと。「出張のためご返信が遅くなりましたことをお詫び申し上げます」と書くのだが、ノートパソコンを持っていく人には「出張」と「遅くなる」こととが、どう結びつくのか、不可解かも。

四月某日

インタビューが二つある。記者さんの来訪に備え、掃除機をかけていたら、お昼を食べる時間がなくなりそうになってきて「いや、でも、話すのは意外と消耗するから、二つの終了まで空きっ腹ではもたない」と判断。トマトと、ご飯にちりめんじゃことサバ節をまぶしたのとをとり、かろうじて間に合う。

記者さんは、会社の車で来ていて、二つめのインタビューを受ける会社が、同じ方向のため、帰りの車に乗せていってもらうことにし、車内でもインタビューを続行。車の中で字を書くとてきめんに酔う私はペンを走らせる記者さんに、驚嘆するが、「仕事となったら、酔うの酔わないのと言っていられないのだろうな。私ももし立場が逆だったら、嫌でもノートをとれるように訓練されたのだろうな」と考えた。

二つめのインタビューの開始時間より三十分前に現地に着き、車を停めたまま、一つめのインタビューをさらに続行。そのままだと五時間喋りづめになりそうで、さすがにもたないと思い、十分前に降ろしてもらって、ロビーにてしばし休憩。こういうときコーヒーは効きそうだけれど、ロビーにはまさにコーヒールームがありながら、頼むほどの時間はなし。

二つめのインタビューが、コーヒールームで行われることになったときは、救われた！　という思い。一時間ほど話して、エネルギー切れし、血糖値が下がってきたように感じて、コーヒーカップのソーサーに載っていたコーヒーシュガーのかたまりを、「すみません、ちょっと失礼します」と、口に放り込んでしまった。相手はびっくりしたかしら。

その会社には、過去に対談や原稿の執筆などでお世話になった人が何人かいて、インタビューの後、その人たちのいる階へ順に連れていってくれて、挨拶をした。「あれー、七、八年、いや十年ぶりくらいですね」「その節はお世話になりました」「こちらこそ」といった会話を、あちこちで交す。

出不精なのと、食事療法をしている関係からも、お付き合いというものをほとんどしない私だが、こういうふうに、じかに交流することのよさを実感。心の距離感がぐんと縮まる。健康もかなり回復してきたことだし、食事療法は基本的に守りつつも、たまにはゆっくり話す機会を持つことにしようかと思う。

四月某日

西表でのカヌー体験記を書くため、資料探しに図書館へ。

特集のテーマは、自然の力だから「こんなふうに漕いで、水の力に任せたら、前に進むようになった」といった文脈で、自然の力を讃えたいが、その漕ぎ方では、かえってうまく進めないと嘘になるので、カヌーの教本により、正しい漕ぎ方を調べる。

西表でなくていいから、他の人がカヌーを漕ぐ気持ちよさを、どんなふうに表現しているかも、一応頭に入れておきたく、そちらの資料も。これは、それを模すのではなく、むしろ「この人の方には寄らないで、この人の方にも近づき過ぎず……」という、模倣にならない線を探すため。とはいえ、人がカヌーを漕いで感じることにはある程度、共通項もあり、難しいところ。体験記は、体験を素直に書けばいいから書きやすい、というものでもなく、そこが面白さでもある。

四月某日

書店で、ふと目に止まった旅日記の本が、なんとなく気に入り買ってきた。同じような本がシリーズの中には何冊も出ていたが、特にそれが私の好みに合って。イラストと写真と文字少々で構成されているが「こういう雰囲気のを、私はもの書きなので文字を多くし、写真少々、イラストもあり、くらいで作ってみたいな」と。

帰ってきたら、インタビューを受けた記事の掲載紙が送られてきていて、記事を読もうとし、ページ下にあったツアー広告に、目が行く。おー、これは私が前々々から（々が二つなのは、前々よりも、さらに前であることを意味するつもり）訪ねてみたかった地のひとつ。

例えば！　と力が入る。例えば、仕事でする旅とはまったく逆の旅をして、さきの旅日記のスタイルで書いてみるのはどうか。すなわち、あらかじめ編集の人とテーマを固め、テーマのために行くべき場所を調べ上げ、その場所を効率よく回る日程を組み、編集者と写真を撮る人とで動く、通常の取材の旅のしかたとは反対に、あらかじめテーマを限定せず、ふつうにツアーに入り、一旅行者の視点でその地を楽しむ、そういう旅。

それだったら、私ひとりで、ツアーに参加するのでいい。いや、でも、のちのち本を作るときの方向づけのためにも、やはり編集の人も行った方がいいのか。写真も旅日記ふうに私が撮るとすると、三年前に購入したデジカメでは画素（というの？）が粗過ぎるか。買い替えざるを得ないか。などと、またも先走りそうになる。

考えてみれば、まだ一文字も書いていない本が、何冊もあるのだ。構成案を立て、写真撮りしただけの雑貨の本、構成案を立て、写真撮りもまだの料理本、これから具体的に相談するごはんの本……。本どころか、西表カヌー体験記だってまだ書き終わっていないのに新たな企画なんて、非現実的過ぎるー。

なんだか、企画だけは次々にわいて、どこかの社で出してもらう話がまとまると、それについてはすでに成し遂げたかのような錯覚に陥る。「産みの苦しみ」はそこ「から」始まるのに。

とりあえず、ツアー広告だけは新聞から切り取って、机の引き出しにしまっておこう。

四月某日

人事異動で、新しく担当していただくことになった編集の人との、初対面の挨拶の日。企画だけ通っている本を、途中から引き継いでもらう形になるので、前もって、資料を準備する。これまでに送ってある原稿の一覧。相談したいこと、スケジュール立てと関係しそうな他社の本の作業状況。

そこまで整えて臨んだのに、ああ、間抜けな私は、かんじんの名刺入れを忘れてしまった。

実は今日は、体調が万全でなかった。午前中、眠くなる薬を注射しての検査があり、ふだんなら二時間あれば目も覚めるので、「四時間おけば、絶対にだいじょうぶだろう」と読んで、時間を設定してもらったのだが、案に相違して、めまい、ふらつき、吐き気がなかなかおさまらず。

「長時間の打ち合わせはできないかも。でも延期すると、前任の人と後任の人と、二人の予定をまた合わせてもらわないといけない。今日、名刺交換だけでもしておけば、たとえ詳細な打ち合わせまでできなくても、次回、新しい人とだけ予定を合わせればすむ」と判断。

その、名刺がなしに臨むことになってしまったのだから、大失敗。病院からそこまでのタクシーの中、運転手さんに失礼し、バッグを枕に寝てきたのだが、降りるとき見たら、バッグを倒したせいか、クリップやら薬の袋やらが、床にばらばら落ちてきて、慌てて拾った。あの中にあったのか？

打ち合わせ途中で、また急に具合が悪くなりお騒がせしてはいけないと、「すみません、今日午前中、麻酔を使う検査をしたら、思ったよりよく効いたみたいで、反応がとろいかもしれません」とあらかじめ説明し、準備してきた紙の「ご相談したいこと」の部分を指して「今日はこのへんの、ご相談点を中心にして、またゆっくりおじゃますることにさせて下さい」

幸い、両者ともすぐに了解してくれて、ごくごくふつうに、笑顔でもって、でも速やかに、相談点について順々に、考えを述べてくれた。

お二人の対応に感謝！　これで、「えっ、だいじょうぶですか。医者を呼びましょうか」とかと大騒ぎになったら、身の縮む思いだったでしょう。体調の万全でないのを察して、いつもの接し方ながら、負担のかからないよう、さりげなく早く切り上げてくれる好意と配慮が胸にしみる。

しかし、それもこれも、検査のある日に、打ち合わせを設定するという、私の無謀が招いたことと、深く反省。私はどうも「まあ、だいじょうぶだろう」とアバウトに考え、決行するきらいがあるようだ。「大事をとる」という行動様式を身につけねば。

体調を万全に整えて臨む。仕事をする上でのマナーであり、必要条件かも。カヌー漕ぎのような体を使う取材のみならず、通常の打ち合わせでもそうなのだ。

むろん、どんなに努力しても、体調が思うにまかせず、整えられないときもある。そのときは、潔く詫びて日を変えてもらうなどの方が、かえって迷惑をかけないのかもしれない。悩むところ。

女性誌の、広告主のある撮影ページでは、撮影されるはずの女性から、当日「顔が腫れて、行けない」と連絡が入ったが、とにかく来てもらい、カメラマンがアングルを考え、腫れのわからない方向から撮影したそうだ。同じページでは、腰を痛めた人に、車椅子で来てもらったこともあったという。

その日のためにスタジオをおさえ、スタイリストさんが洋服を借り、広告主、編集、カメラマン、ヘアメイク、さまざまな人の予定を合わせたから、ばらして組み直すわけにはいかないのだろうが、そうなると、「万全でなくても、とにかく日を変えない」ことが求められる。

どちらが正解なのか、長年仕事をしてきても、いまだ答えは出ず。ケース・バイ・ケースということか。

四月某日

名刺を渡せなかったことのフォロー、というわけではないが、昨日初めての打ち合わせをした人にメールを送る。

前任者から引き継いだ原稿を、あらかじめすべて読んでくれていたのが、うれしかったこと。本のイメージを、題材から決めるのではなく、文章そのものから受ける印象を第一にしてくれているのが伝わってきて、うれしかったこと。短い間で、かつ麻酔の残りでもうろうとした中でも、感じたことだ。

「一緒に仕事をさせていただくのが楽しみです。どうぞよろしくお願いいたします」。こんな文言を書いていると、春は出会いの季節であることを、実感する。新しく知り合った、あるいはこれから知り合う人々とも、よい関係を築いていけますように。それが仕事の、何よりの基盤なのだから。

五月

五月某日

今月初日の仕事は、二月と同じ散歩番組の収録のため、船橋へ。朝五時十分に起きるため、前日はいつものごとく逆算して、早めに寝るべく、夜十一時には床につく。

念のため、寝つきをよくする漢方薬（というものを、ふだん通っているクリニックからもらってある）を服用して寝たが、眠りは浅く、一時には完全に目が覚めてしまい「あ、もう二時」「二時半。睡眠時間が三時間を切る、たいへんたいへん」と焦るほど頭も冴えて、意を決して台所へ行き、漢方をもう一包服用。三時間以上あけたから、重ねて飲んでもだいじょうぶと。三時間というのに根拠はないが。

引き出しには、風邪のとき飲むと確実に眠くなる解熱鎮痛剤があり、そちらにしたい誘惑にかられたが、それだと効き過ぎて、今度は起きられなくなる恐れと、やはり風邪でもないのに強い薬を飲むのは不健康なようで、思いとどまった。

見る夢はといえば、寝過ごしたとか、寝過ごしそうなので深く眠るのを自制している、といった内容ばかり。私もほんと、気が小さい。なんて思っているのは自分ばかりで、もしかしたらいびきをかいて、ぐうぐう眠っていたかもしれないが。

船橋は潮干狩りの映像を撮る。カメラを先頭に浜へ下りていくと、千葉のテレビ局の撮影隊もいて、中のひとり、私と同じく砂を掘る役になるのであろう若い（この点は私と同じではない）女性が、こちらを見て、微笑んで軽く頭を下げる。

こういうときって、互いに知らないふりをして通り過ぎるのが常だけれど、その中にあって、とても感じがいい。とっさにああいう対応ができるのは、もともとの性質が素直なのか、家庭教育か職場教育が、よほどちゃんとしているのか。

恥ずかしながら私も、回を重ねるにつれ、こういう場合気づかぬふりをするのがプロの流儀であり、その方がベテランぽいように錯覚していたフシがある。一方で「目に入らないわけないんだから、何の反応もしない方が不自然では」と釈然としない部分もあったのだ。

これからは、変にプロっぽいかっこつけや勘違いは捨てて、「自然」の方に従おう。

それにしても、潮干狩りは寒かった。中にフリースを着て、それでは季節感が合わないからカモフラージュも兼ねて、上に風よけパーカーを着て、首に綿のストールを巻いたが、ストールがほどけるくらい、海風が容赦なく吹きつける。鼻水を垂らしての潮干狩りになった。天気がもったのはそこまでで、後は雨中の散歩。傘が何べんも裏返り、しまいには壊れる。パーマをかけたての髪が濡れて縮れる。この日のために美容院へ行ったのが、裏目に出たか。

体の芯まで冷え冷えとして、かつて温泉レジャー施設として名を馳せた船橋ヘルスセンターがまだあったら（すでに廃業）、お湯につかって帰りたいと思う一日だった。

五月某日

本を買うため、インターネットでアマゾンのサイトを開いて、目当てのものを注文。

ああ、そこで終わらせればよかった。なのに意志薄弱な私は、ついついと、自分の本のところを見てしまった。

これまでも誘惑にかられることはしばしばだった。本を出したばかりのときは、特に。

ちゃんと載っているかしら。売れ行きはどうかしら。でもそれを気にし始めるとキリがないので、なるべく自らに禁じていた。なのに今日は、ついふらっと。

案の定、へこんだ。売れ行きに関してではない。本についていたレビューについて。読者から投稿されるコメントだ。

がんのある日常をめぐるエッセイをおさめた本だが、怖れていたことが。著者のエッセイは前から読んでいて、出来事に向き合う態度は同じだけれど、題材ががんだと、さすがにこれまでの本みたいに笑うことができず、と低い評価になっていた。正確な写しではないけれど。

そうなのだ、きっとこういう反応もあるだろうなと思ってはいた。それゆえに離れていく読者もあるかもしれないと。

私の望みとしては、がんのある「日常」の方に着目してほしいというか、主節、従属節（文法用語になるが）を逆にして、「がんが題材だけれど、出来事に向き合う態度は同じ」のように受け止めてくれることに、期待をかけているのだけれど、本の読み方は人それぞれ自由。「こういうふうに読んで下さい」などと、人の心に方向付けすることはできない。ただ祈るのみ。

先月末、打ち合わせした人は、題材からではなく、文章そのものの感じから本のイメージを作ろうとしてくれていて、そのことに、とても励まされ、意を強くしたのだけれど、そうでないこともじゅうぶんあると認識した。

でも、落ち込むのは、今日限り。受け止め方が各人各様自由なら、すべての人の意に添うことを考えては、身がもたない。というより不可能。

多くの人に読んではほしいけれど、本の世界で最大公約数を狙うというのは、あり得ない。基本は自分。自分が今何を感じ、何に興味があって、何を面白いと思っているか、そのことを素直に表すしかない。そう開き直ろう。

五月某日

朝の番組に出るため、四時起きして、洗面台の鏡に向かう。メイクについては前もって、ヘアメイクの部署からの伝言として「朝は時間がないので、下地だけ作って来て下さるとありがたいです」とのメールを受けていた。

メールを読んだときは、？と首を傾けた。

ヘアメイクの時間をとるために、番組の始まりより一時間半も前に行くのでは。それでも足りなさそうならば、もっとくり上げ、何時に来るようにと、メイクさんから指示を出せば、解決がつくのでは。

下地って何だろう。プロの考える下地と、ふつうのメイクとにおけるそれとは違うでしょう。シロウトが中途半端なことをしていっては、かえってやりにくくならないかしら。

伝言をしてきた人に確認すると「現場ではヘアの方を中心にしたいそうでした」。

では、メイクの方は、完全に近い状態に仕上げていくか。

テレビに必要なものとは違うだろうが、そう言われる以上は、とにかく、自分で考えられるフルメイクをしていくべく、家を出る時間の五時から、一時間逆算して、鏡に向かう。

行ってみて、疑問が解けた。

私の出る番組は、報道局だが、報道局のメイクの場所は、まず狭い。二人を同時にするのがやっと。

そして、報道だから、ニュースや天気予報がしょっちゅうあって、そのためのアナウンサーが、入れ替わり立ち替わりメイクに来る。

壁に張られた作業表に、ふと目をやれば、ひっきりなしに予定が入っていた。これではひとりに時間をかけられないわけだ。「時間がない」とはこういうことだったのか。

メールを見たときは、正直、さきに書いたような疑問を抱いたのだ。「要するに、時間がないというよりも、人手がないのではない?」と。それが実情なら、こちらもそれに基づき対応するが、下地から一貫して携わらないのは、プロの仕事として、どうなのだろうと。

が、人手以前に、場所その他、さまざまな制約があるのだ。

私はそういう、やや人に厳しいところがあるのかも。説明が正確にされないと、釈然としないような。

でも、現場に行ってみなければ、わからないことはあるし、前もってわからなくても、とにかく言われた通りにするという態度も、仕事には必要なのだ。

なんだかんだ、もっともらしい理屈をつけたが、

「要するに私は、早起きして、自分でメイクをするのが嫌だっただけなのでは。五時に家を出るなら、その直前まで一分でも遅くまで寝ていたかっただけではないか」

と、自分のほんとうの欲と、それを隠そうとするずるさに気づかされる。

五月某日

ラジオに電話出演する日。うっかり忘れて出かけてしまう……なんてことは、さすがにないと思うけれど、「その時間、必ず電話の前にいなければならない！」となると、妙に別のことをしたくなるから妙なもの。書店へ本を探しにいくとか、ひと月ほどご無沙汰している運動をしに、とか。

一時間前の四時半に、ラジオ局から確認の電話。今日家でする仕事の場所は、電話機の子機のあるところだけれど、子機は雑音がするので、五時二十分になったら親機のある部屋へ移動しようと、目覚まし時計を、前に置いておいた。

五時十分。子機が鳴る。えーっ、もう!? と焦ったら、全然別の用事であった。心臓に悪ーい。

トイレをすませて、五時二十分、部屋へ。椅子に腰かけると、電話機が下で、うつむいて話すかっこうになるので、声がくぐもってはいけないと、床に座る。ルル……。来た！（↑漫画的な表現）

終わってみれば、あっという間。でも緊張したらしく、脇の下にどっと汗をかいていた。背中なんかも直立させ、がちがちに固まっていたことだろう。

ほぐすのを兼ねて、久しぶりのスポーツジムに行こう。これを機に、通う習慣が復活すれば、なおのことよし。

あ、でも、その前か後に、家電屋さんに行って、パンフレットをもらってこないといけないんだった。パソコンを買い替えた話を、エッセイにまとめるべく、下書きを、電話が来る前にしていたのだ。さあ、お出かけ（電話の間、宅配便が来なくてよかった）。

五月某日

ラジオをたまたま聞いた人から、メールが来る。

「自分の声が、話すそばからラジオで放送されるなんて、どんな感じでしょう？」

ほんと、どんな感じだろう？　実際には、受話器に向かって、要点を整理し話すのにせいいっぱいで、これが全国（ではなかった、首都圏の番組だった）に流れ……などと考える暇がなかった。

先々月だったか、番組でご一緒したNHKの女性アナウンサーが、紅白の司会をした人で、紅白は全国津々浦々どころか、衛星放送で世界に流れるが、「これが地球の反対側にも、なんて考えないで、とにかく決められたことをその通りするよう、集中した」と語っていた。規模はまったく違うけれど、その気持ち、わかる。あんまり想像すると、プレッシャーで金縛り状態になってしまうので。

五月某日

単行本の原稿の最後の章（のつもり）を書き上げる。ウェブ連載しているエッセイで、「書き下ろしのエッセイを足して、年内に出版しませんか」の提案を受けていたもの。そう、そもそも連載を始めるとき、そういう案があったのだった。

目標が定まると、俄然、実現欲がわいて、執筆が加速した私。私は本来は、少しずつときどき長期にわたり、というのより、一時期に集中して早く形にしたい性格のよう。連休中は、取材などの用事が、他のときより入らないのをチャンスとばかり、書き下ろし分の原稿を、下書きを作って↓パソコンで書いて↓リライト↓次の章の下書きを作り↓パソコンで書き↓リライトのくり返しの日々だった。

最後の章（のつもり）というのは、原稿が揃ったところで、編集の人に通しで読んでもらった結果、もう一章あった方がいい、などのリクエストが出る可能性があるため。

自分の中ではいったん脱稿しているものなので、これで次の工程へ進めるといいのだけれど、あくまでも判断する人あってのことだから。書き足しがあっても、粛々と受ける所存（↑政治家の答弁のようになってしまった）。担当の人との打ち合わせが待ち遠しい。

連休は、息抜きをしなかったが、原稿がこれでよしとなったら、今月下旬でも、二日くらい続けて休みをとろう。

五月某日

来週は、単行本の校正刷りが出る予定。連休中に原稿を書いていたのとは別の、連載エッセイのまとめ。

いや、出ていたのはもっと前だが、「校正さんの、誤字脱字や疑問点の指摘の入った後の状態で下さい」と、私からお願いしたので、来週になった。その方が、自分自身の点検と、校正さんの指摘とを、一度につき合わせて見ることができるので効率的かと。

受け取りを予定されている日から、戻しの日まで六日間だが、来週のスケジュールを改めて見ると、六日の間に、インタビュー取材や座談会、対談、打ち合わせなどが、結構入っていて、校正刷りにあてられるのは、土日を含めても、一日半しかない。スケジュール管理に、ちょっと誤りがあったかも。

出版社にメールして、受け取り予定は、午前か午後か（こうなると、この違いは大きい）になるかを訊ねると、校正さんからは、前日の朝一に届くことになったので、宅配便でなく手渡しならば、校正さんから届いてすぐ私のところへ向かい、すなわち、前日の午前中に届けられるとのこと。ありがたい。

お言葉に甘えて、編集の人に自宅近くの駅まで持ってきていただくことにした。

さすがに申し訳ないので「その週、対談などが多くて」との事情までは言わなかったが、六日間で戻しという状況と「少しでも早くいただけると安心です」との、私のメールの文面から、察してだろう。

来週は結構タイトな週になりそう。下旬にとろうと思っている休みへの期待が、こうなると高まる。

来週に備えて、今日はゆっくりお風呂に入ろう。

五月某日

横浜で公開対談のある日。

朝起きるまで、夢の中でも、対談で発言すべきことをなぞっていて、「前々からこんなに緊張しているのか」と、われながら愕然とする。

壇上におおぜいの発言者が並び、コーディネイターの人が割り振りをするシンポジウムと異なり、対談は壇上にいるのは二人。お相手の方は専門家で、私はどちらかというと話を聞き出す側。進行の役割もつとめなければなるまいとの責任感から、よけい緊張しているのだろう。

話のプロットは、事務局の方で、前もってお相手の方、私、それぞれとやりとりして作っておいてくれているが、それに沿ってスムーズに進められるかしらとか。話の材料となるデータも、事務局が、表やグラフにして、会場に映せるようにしてくれているけれど、そもそも私が、そのデータの意味するところを、ちゃんと理解しているかしらとか、不安を言い出せばキリがないのだった。

対談そのものは、そうした事務局の準備と、打ち合わせと、お相手の先生の多大なる協力によって、中味の詰まったものになったと思う。

先生のご性格と、事務局も実はよくお世話になってる雑誌編集部ということもあって、控え室も終始和やかな雰囲気だった。

でも、仕事の内容としては、やはり大緊張したらしく、うちに着いたら、どっと緩めたくなって、いっきにパジャマ代わりにしているスウェットに。ジャケットを脱ぐ→うちで着るセーターとスカート→スウェットという段階を踏まずに、いきなり。

正しい夕食を作るつもりで、帰りがけにサンマの開きを買ってきたけれど、焼く気力がわかず、野菜を炒める気力もまたわかず。残り物の根菜の煮物を温めるのと納豆とですませてしまおう。毎日必ず規則正しくなくても、こんな日くらい、自分に許す。

でも、仕事意欲はある私。今日の対談内容は、私としてはテーマ性が高いように思えて、それをもとに新書を作れないかと考え、それには、まずどこにどう相談すればいいかを相談すべく、事務局の人に、その旨お願いのメールを送る。雑誌編集部では新書を作れないし、別の部署で作っても、雑誌編集部には利益は行かないので、そのようなお願いで煩わせるのは申し訳ないのだが、その点はお詫びしつつ。

実現するといいのだけれど。

会場では、私の単行本も販売していたので、単行本編集部の人も来てくれていた。その人に対してはその人に対してで、「そういえばエッセイがまとまりそうな分量になってきたら、エッセイ集を作りましょうと相談していたんだった」と思い出し、果たして今エッセイが何枚になっているかを、パソコン上で数えてメールする。これも実現すればいいのだけれど。

魚を焼く気力はないのに、こういう仕事メールを送る気力があるのは、バランスという点で、少し問題かも?

五月某日

単行本の校正刷りの出る日。午前中に電話があり次第、近くの駅まで受け取りに行くことになっている。

明日の夕方は座談会、明後日は午前中から取材や打ち合わせが入っているので、今日の午後と明日の昼のうちに、なんとか集中して終わらせたいところ。

明後日の午前中の取材は、自宅だから、今のうち掃除機をかけておけば、明日の夕方出かける直前まで、校正にあてられる！　そう思い、掃除機をコンセントにつないでいたところ、電話が鳴る。来た！

四十五分後に駅到着とのこと。「十五分前に家を出ればいいから、三十分間で、掃除しよう！」と、脇目もふらず、掃除機をかけ、駅へと急いだ。

赤ペンが途中でなくなったりしないよう、帰りに赤ペンを買って、明日の夕方まで出なくてすむよう、食料も買って、さあ、とりかかろう！

なのになのに、お昼を作って、食べて、はじめて二時間ほどしたところで、猛烈な眠さに襲われた。朝から張り切り過ぎたせいか？

校正に必要な注意力と集中力が保てず、思いきって寝ることにし、目覚めたのは一時間半後。貴重な今日の午後なのに。三十分も惜しんで、掃除機まで先にかけたというのに、計画がはじめから立て直し……。

でも、頭を休息させたのがよかったのか、それからはどんどん進み、信じがたいことに、その夜のうちに全部できてしまった。日付けは変わっていたけれど。

句点までの文章の長さや、かな漢字使いなど、統一的な基準でできるので、いっきに見ることができてよかった！

連載エッセイとして発表したものなので、掲載時に一度、校正をしていること、同じ雑誌での連載のため、同じ調子が通っているのも、はかどった要因だろう。

今週いちばんの仕事だったのでほっとする。

五月某日

あとがきの原稿を書いてメールし、校正刷りを宅配便で送る。

座談会に出かけるまでの間に、余裕ができた。

明日の午前中の取材の準備を、この間にする。旅がテーマで、旅のスナップ写真を、と言われているが、このところ仕事の旅がほとんどで、そこで撮ったのは、それぞれの雑誌に行ってしまうし。

旅の写真に限らず、撮ってもらう機会は少なくないが、自分の手許には、ほんとうにない。なので、貸し出しのときにはいつも、頭を抱える。

「デジカメに、何かあったかな」。思いついて、パソコンとつなごうとすると、取扱説明書がない。

「これから、仕事で写真をメールで送る機会も増えるだろうから、探しておかないと」と、本棚や引き出しまでひっくり返す騒ぎになった。

ようやく探し出して、つなぎ、数点を、明日の取材の人にメールで送ると、返ってきてしまった。「サイズが超えていて、送れません」のようなことが、英語で（なぜ英語?　日本国内なのに）書いてある。

やっとこ、取説を探しあてたのに。あらかじめ送っておけば、取材での話がスムーズに進むし「われながら、なんて周到」と思ったのだが、そうはいかない感じになってきた。

そんなことをしてたら、わっ、座談会に遅れる!?

五月某日

午前中の取材終了後、超特急で昼ご飯を作って食べ、都心の会社へ、午後の打ち合わせに。将来書き下ろす本の内容について、編集の人と話す。

まだタイトルも仮。別の部署にいる、知り合いの人が通りかかって、「あれ、本ができるんですか?」「まだこれから。企画は通してあるんだけど」との会話から、社内的手続きはすでにしておいてくれていると知る。後は内容!

二人の間に、共通して思い浮かんでいるテーマはあるのだが、どういう「見せ方」をするかなどは、白紙状態。

「心の持ちようを語るんだけれど、直接それだとお説教っぽくなってしまうし」「エピソードや提案するノウハウは具体的な方がいいですよね」「そうそう」「心の持ちようを実現する、所作とか話し方とか生活習慣とか」「例えば、こういうことってない?」といった、ブレーンストーミングの段階。

エッセイのまとめが三冊と、書き下ろしが五冊？　控えているので、すぐにはとりかかれないのだが、たぶん一年以上の月日をかけて、よもやま話をしながら、形をみつけていくのだと思う。

あ、でも、どこかで、「すぐには、始められない」ことを時々言うようにしないと。いつの間にかその前提が外れて、結果として期待を裏切ったり、社内的に困る状況に追い込んでしまっては、申し訳ない。

帰宅すると、明日の対談のための追加資料と、話す内容の項目案がメールで来ていて、項目案については、返信を求められていた。ということは、すぐ読んで、検討、判断をせねばならぬので、早々に読んで、修正を施した案をキーボードにて打ち始める。

さっきまで話し合っていた本についての考えは、とりあえず頭から出して。この、絶えず切り替えを求められるというのも、仕事力のうちかも。

今週と来週は、取材、打ち合わせ、取材、取材という感じで一日にいくつも入っている日が少なくなく、やや詰め込み過ぎたと反省。ふだんはだいたい、予定を覚えているが、今、来週に関しては、次の日は何と何かを、前日に手帖で一回一回確認しないと、心もとない状況。

原稿をまるまる一日書ける日を、それとは別に確保しようと思うから、つい、予定のある日はそこにいくつも集中させてしまいがち。

こういう週は、仕事をしていない時間でも、神経はきっとどこかでずっと緊張状態にあるのだろう。

やはり！　今月のどこかでリフレッシュ休暇を持とう。

五月某日

エッセイ集の構成案を、急遽立てることになり、張りきる。前々から「雑誌等に掲載したエッセイが、然るべき量になったら出しましょう」とはなっていた。

昨日、別件でメールしたとき、今現在の累積枚数を計算して（これが結構な作業）報告したら「来月の企画会議に出します」との返信が来て、会議に出すための、構成案作りになったのだ。私のパソコン内に、いくつ原稿が入っていて、それぞれどんな内容でどんなふうにつなげて（並べて）いけば、ひとつの流れができてくるかは、まず私から形にして示さなければ。全てはそれから始まる。

パソコンの文書名は、雑誌名と号数なので、それにまず、タイトルをつけ直し、中の文書の冒頭にもそのタイトルを記す。

その作業が終わってから、タイトルを一覧表にした文書を、別に作って、文書上であれこれ並べ替えて、流れを作れるまでにする。それが、すなわち構成表になる。並び順が決まったら、さきの文書名のタイトルの前に、01、02……と、通し番号を振っていく。で、フロッピーディスクに落とす。

そうすると、構成表とデータの並び順が一致したフロッピーディスクができ上り、編集者の人が、向こうのパソコンで出力しても、構成表通りのものが出てくる……というつもりだが、もしかして、とてつもなく原始的なことをしているのでしょうか、私は。

順序を入れ替えたり、タイトルを何回もつけ直したり、番号を振っていったりは、非常に地道で、辛抱の要る作業だが、作業すなわち思考、もっといえば創造。けっして機械的に手を動かしているのではなく、動かす中で、本としての形、どんなところで、どんなことが伝わるものにしたいかを、模索しているのだと思う。

予定外から、にわかに入ってきたこの作業に、かなり没頭してしまった。また少し神経昂《たか》ぶりめの日だったかも。下旬に休んで、バランスをとるぞ！　といよいよ決意。

五月某日

写真撮影を伴う取材。日比谷公園の池の端にて、カメラマンと向かい合いに立つ。カメラマンの脇に控えたライターの女性から突然、

「キムチがお好きなんですよね？」

と聞かれ、言葉に詰まった。

この質問が出てくる経緯が、私には痛いほどわかる。

カメラと向き合うと静止状態の顔になるため、インタビューカットに適した「自然な表情」を撮るために、カメラマンさんのすぐ横に、ライターさんが立って、あれこれ話しかける方法を、よくとる。

その際、インタビューの本題に入ると、ライターさんはメモをとれないし、私も、考え込む顔になってしまうから、あくまでも関係のない、あたりさわりのない話をする。

が、「あたりさわりのない話」が得てして、質問をする側にもされる側にも、プレッシャーになるのだ。

たぶんライターさんは、この日のために私の書いたものを「一冊くらいは読んでおかねば」と、一冊かあるいはそれ以上、事前に読んで、準備してくれたのだろう。

その姿勢は、仕事をする者どうしだから、とても評価し、共感する。

が、人間は変わるもの。

十年くらい前の私は、キムチ鍋をよく作ったし、おそらくエッセイにもそのことを書いた気がする。ライターさんはたまたまその頃の本を読み、「あたりさわりのない話」としてキムチを選んだのだろう。

この五年半くらいは、漢方の先生の指導に基づく食養生で、刺激物が私には向かないとされ、食べていない。

「キムチがお好きなんですよね？」と問われて、私が「……」と答えに窮したのは、そのような背景から。

正確さを期そうとする私は、つい、そう説明しそうになるが、「ここでは、事実をありのままに話すことを求められているのではないのだ」と気づいて、口ごもってから「はい、前はよく食べていました」。漢方が云々までは言わずにとどめる。

「えっ」というとまどい、とっさの判断の連続で、撮影の間、とても緊張。ライターさんの方もそうだったと思う。

こういう先方が仕入れてきた、私に関する情報と、今現在の自分との間に、時間差のあることは、しばしばだ。

五月某日

単行本の打ち合わせ。エッセイのまとめである。作りたい本のイメージは、編集の人と一致していることを、改めて確認し、そのためには、今ある原稿に、どんな方向で加筆したらいいか、新たにどんな内容の項を書き足したらいいか、その分量は……などなどが定まった。

後はそれに沿って、ひたすら書くのみ！　↑これがいちばん、時間がかかるのだが。

月末から来月初めにかけて、エッセイをまとめて本にするための打ち合わせが、四つ続く。それぞれ、どのくらいの加筆が必要か、どのくらいの作業量になるのかが、不確定で、なんとなく落ち着かなかった。

刊行月が後のものの方の作業を始めてしまい、それより前に出す本のための作業と重なってしまったら、どうするか、など。

幸いにも、四冊のうちいちばん早く出す本のための打ち合わせを、最初にできて、よかった。なんとか、うまくスケジュールを立てられそう。

こうなると少しでも早く作業をしたく、打ち合わせ終了後、即とりかかった。私の性格だと、このままいっきに集中して進めたいところ。

が、月末は休むと決めたのだ。そうしないと、ほんとうに、働きづめになってしまう。体のためには、欲に逆らってでも、休むことが必要。そう自分に言い聞かせ、二連休します。

六月

六月某日

待望のエッセイ集のとりまとめ作業。新規原稿の書き下ろしと、すでにある原稿への加筆。

導入にあたる、書き下ろしの短い原稿は、快調に書けた。思ったよりずっと早い。このぶんでは加筆作業も、とんとん拍子に行くのではと思ったら、第一篇めから、まったく進まなくなってしまった。

導入部に続いて、すんなり読めるよう、トーンを合わせたいのだが、部分的な改編ではそれができない。まったく別のものを書き下ろしてしまった方が、いっそうまくいくのではと思うほどだが、伝えたいメッセージの中心部は、もとの原稿にあるのだから、それは生かさなければ。

いっぺん打ち直してみて、挫折。パソコンの画面上での操作を止めて、いったん紙に打ち出し、そこに書き入れてみて、再び挫折。まっさらな紙に下書きをし、それに基づいて、画面上で直していく方法を試み挫折。

今日はもう頭が飽和状態で、何度やり直しても、同じところでつまずきそう。思いを断って、明日以降に回すことにしよう。

六月某日

昨日、何回もトライして挫折した、エッセイ集の第一篇めの書き直し。今日こそ完成させようと、朝から意気込む。

午前中、取材の人が来ることになっている。それまでにできるかもと、パソコンに向かっていたが、後少しを残して、時間切れ。

午後の打ち合わせに出かけるまでの間に、再挑戦するが、またも時間切れ。急いでしたくし、家を出たが、思いは原稿に残っており、電車の中で立ったまま、紙にメモをとる。ああ、今なら、パソコンに向かえたら、必ず完成できそうなほど、言葉や文章の無理ない運び方が、不自然と、次々と出てきているのに。

その分出かける準備は、どこかでおろそかになっていたらしく、人の会社を訪ねるのに、名刺入れを忘れ、そんなときに限って、多くの人に挨拶する機会があって、名刺を忘れてきた失礼を、そのつど詫びねばならなかった。社会人失格です。

二社との打ち合わせ。それぞれに、内容のかなり詰まった打ち合わせをして、帰宅。

メールを処理し、「さあ、これで、朝からそれに集中したかった加筆作業に、ようやっととりかかれる」と、ワードの画面を出したが、打ち合わせへ行くときの電車の中とはうって変わって、頭がまったく働かない。疲労という、重い鉄の輪っかをはめられたように、うんともすんとも、動き出さない。

集中力とは、時間と体力との、どちらか欠けても、だめなのか。

いくら、パソコンの前に座っていても、腰の痛だるさが増していくだけで、まったく進めず。今日も挫折か。二日かかって、一篇も仕上げられなかった。

加筆すべきは、四十篇以上あるのに。期限までは半月しかないのに。その間も、出かける用事のため、パソコンに向かえない日は多々あるのに。こんなことでは、先が思いやられる。

考え出すと眠れなくなりそうなので、鎮静、入眠効果のあるとされる漢方薬を、久しぶりに服用。テレビ収録のため早起きする日の前夜以来か。

私としては、非常に久しぶりに、胸の動悸がするほどの焦りをおぼえる。が、考えても仕方がない。今日のところは寝るのだ。

スタートがつまずいているから焦るが、うまく回り出せば、必ずできる。これまでだって、そうだったではないかと、自分に言い聞かせる。

夕方まで一日、家でパソコンに向かえる明日が、分けめ。明日こそは必ず、一篇め、二篇めを完成させて、「これで行ける」という手応えをつかみたい。

頭がまったく働きません。
疲労
ああ…

六月某日

「分けめ」と思い定めた日。緊張のためか、朝五時前に目が覚めてしまったが、「睡眠不足では集中力が出ない」と思って、漢方薬をもう一包飲んで、再び入眠。

よく眠れて、起きて、さあ今日こそ！

第一篇が、リズムよく進む。何回も書き出しては行き詰まり、挫折することをくり返していたのに。「苦しんだのが嘘みたい」と言えるくらい。

第二篇も同様で、結果的に十篇も改筆がはかどった。

これで行ける、との手応えを得る。全部で四十篇ほどだから、四倍の時間はかかるが、別の言い方をすれば、その時間さえかければ必ずできるという確信めいたものが生まれてきた。

つくづく、ほっとする。後は、それだけの時間をかけるのみ。

六月某日

今日も十篇進む。楽しくてたまらない。そのために、週一回のペースで復活させようと思っていたジム通いは、早くも中断してしまったけれど。

時間をかければかけた分だけ着実に目標に近づいていく、この充実感には替えられない。

昨日今日と土日を、ここぞとばかりこの作業にあてたため、休みがなくなってしまったが、また月末に休むなどして、帳尻を合わせよう。

明日月曜は朝十時から夜九時まで、取材、打ち合わせ、会議で、この作業ができないのが残念だが、そちらはそちらで仕事である。頭を切り替え、こちらに気持ちを残さないように（「この仕事がなければ、今頃、続きをできているのに」などといった感情を抱かぬように）うまく自分をコントロールし、明後日からの再開を楽しみにしよう。

進み具合の途中報告を、担当の人にメール。いつ頃、すべてを送れそうかの見通しも。それによって受け取る側もまた、スケジュールの立てようがあるだろうし。

六月某日

連載エッセイのプロフィール用の写真を撮るため、屋外へ。連載は三年間続く予定で、その後、写真入りの単行本にもする計画なので、その間ずっと同じプロフィール写真でもよくなかろうと。本にするときのためもあって、たくさん撮ることに。

服装も同じというわけにはいかないので、下は何にでも合わせられる白のスカート、上も白のインナーで、アウターを、何色か持参し、その場でとり替えられるようにした。
生活感、日常感ある顔にしたいので、ふだん買い物に行く街で。人通りの中、立って撮影は、勇気が要るが、まだ午前中、ご近所の人が買い物に来る時間帯でもないから、えいやっと思いきって。

花屋の前、雑貨屋の前といった、女性誌にありそうな、いわゆるきれいめのシチュエーションだけでなく、いろいろなパターンが欲しい。

継ぎはぎの板塀の前に植木鉢が並んでいるところとか、立てかけてある自転車の前とか、「あっ、こんなところはどうですか」「こんなふうも、いいかも」。硬直していた頭がしだいにほぐれていくように、次々とアイディアがわいてきた。

写真を撮るのは、そういうこともできる編集者だが、仕事が早く、センスもあって、どんどんはかどり、気持ちがいい。

最後のパターンである、喫茶店内でのシーンを撮ってから、注文したお茶を、そのまま飲みつつ、しばし仕事談義をする。

その人も、フリー。出版社にいたが、独立したので、私と同じ状況になった。話したのは「営業をするかどうか」「人脈を広げるにはどうするか。広げる努力をした方がいいのかどうか」。深いテーマだ。

私は今、例えば、出版関係者の人の集まるパーティーに行って、名刺をたくさん交換するといった形での、人脈を広げる活動はしていない。でも、「営業」をしていないか、というと、違う気がする。

「例えば、今日を例にとると」と言って、私が話したのは。

その連載は、これまでも三年以上続いていて、三年分は本にまとめて、刊行したばかり。作ってくれたのは、その人だ。

なので、今日会ったとき、「すごくいい感じに作って下さってありがとうございます」「読者のかたからも、いいですねというお便りをいただいて、私も、今している連載も、三年後にまたぜひ、もう一冊作っていただけたらと思っているんです」と、挨拶や本の反応を伝える報告の中でも、「このまま三年続けたい」「また本を出して下さい」という、希望やお願いを発信した。

そういうことは、習慣になっているような。

当の仕事相手に、そこまで手の内めいたものを明かすのも何だが、そう話した。実現するかどうかは別として、何らかの発信はしていくことは、だいじだと思う。頼まれたらば引き受けるという、待ちの姿勢だけではなしに。

六月某日

このところずっととり組んでいた、本一冊分の原稿の改稿作業が、ようやく終わった。

解放感！　非常にいい気持ち。この、集中と解放感とのメリハリが、仕事のひとつの醍醐味ではと思うほど。

特に、先月にした単行本の加筆、この加筆プラス改稿と、ひと月余りの間に単行本二冊分の原稿を書き揃える作業が続き、われながらよく働いたという充実感がある。

折りよくも、別の出版社の人と、次の単行本についての打ち合わせが、今日入っている。エッセイ集のまとめである。勇んで、その場所である喫茶店へ。

その会社では、春先に出してもらった単行本がふるわず、うちひしがれていたのだが、たしかに書店における初動ははかばかしくなかったものの、その後もネット注文は続いていて、在庫は常に底をついている状態とのこと。「ということは、今もまだ動きは止まっていないわけですね!?」と確認して、ほっ。同様のテーマは、月刊誌でもくり返し特集を組まれており、今日的な関心事ではあると思うので、少しずつでもいいから、動き続けていってくれることに期待をかけよう。

そんな背景もあり、次の企画を出すことに。エッセイ集は、すでに雑誌・新聞に発表したものの中から、テーマと構成案を考え、原稿をメールで送っていた。案はそれでいいものの、原稿が少し足りないとわかる。

不足分を書き下ろしてもいいし、すでに書いたエッセイで、このテーマ、この流れに組み込めるものがあるかもしれない。

家に帰って、パソコン内の文書を改めて読むと、おお、これなんか、まさに仮タイトルどおりの内容。おお、これも、すでに構成案に含めた原稿と似たテーマを、別なことを例に書いているといえる、といったように続々と出てきて、興奮。各篇の小タイトルを、構成案に合うようにつけ直して、とり入れ、構成案の改訂版とともに、メールする。

これでぜひ企画会議にかけてもらおう。会議は来週とのこと。結果をどきどきしながら待つ日が続きそう。

六月某日

単行本の改稿が思ったより早く終わり、一段落したところで、今後のスケジュールを立てないと。下半期に刊行するその他の単行本については、七月以降、順次作業にとりかかるが、先月と今月にしていた二冊に要したほどの、作業量とはならなさそう。

ウェブでの連載がひとつ終了したので、前からお誘いをいただいている別の会社のウェブでの連載を、はじめるべく、相談に行くか。「秋頃から連載できそうです」と申し上げていたが、少し前倒しして。

でも、ウェブは雑誌ほど厳密でないとはいえ、載せられる分量や、他の筆者との順番などもあろうから、私の一存で早められるものでもない。まずは相談すべく、その日時のお伺いメールを送ることとからか。

いや、でも、慎重にしないと。自分から「早くして下さい」と言っておいて、後からできなくなるわけにはいかない。連載は、月二回の案だった。結構な頻度である。書き下ろしにも影響しそう。

書き下ろしは、春に写真を撮った、「古びたモノ」のフォトエッセイが、レイアウトができて、文章量が決まり次第、始まるのだった。それはいつ頃になるだろう。

急いでほしいという意図ではなく、時期だけ知らせてもらえればと、そのへん、誤解なきように文言に注意し、メールをする。どちらを先にするか、順番を入れ替えればすむことなので。

レイアウトにより、算出される文章量は違ってくる。どれくらいのボリュームの書き下ろしになるか?

それも、しばらく間がありそうだから、もうひとつの書き下ろし、イラストエッセイの方の相談に先に行こう。都合を伺うメールをすると、明日でもいいとのこと。これはスムーズ。

今日は、気持ちの上で「休み」の日にしよう。税理士さんに送るべき、先月分の領収書の整理もあるけれど、それも明日以降にして。契約書に署名捺印して送るなどの、事務のみに。

お昼の後は、さて、本屋に行くか。久々にスポーツジムにも行くかな。

六月某日

イラストエッセイの執筆を、今日からスタート。こちらは集中的に書くのではなく、日々の出来事を記す形式で、一年かけて書いていく。

新しい仕事のはじめはいつもそうだけれど、今日もやや試行錯誤。書いてみて、考え、もう一度書いてみて、再び考え、「そう、これは、ライブ感覚みたいなものが、だいじなのだ」と思いあたった。日々の出来事形式なのだから。形式から求められることに気づいたというか。

あるひとつの内容でも、ふだんのエッセイに多いように、生活提案ふうに書いていくのではなく、自分の中からそれが出てきた流れに沿って、書く。「こんなときには、こんなふうにするのもありです」ではなく、「(今日の私は)こんなだったから、こんなふうにした」と。

結果的には、提案になるとしても、示し方は、一般論からではなく、「私」から。そうすることでこそ、日々の出来事を記すという形式が生きてくるのだ。

書き方は、なんとかつかめた気がする。スタートは、これで切れる。

後は、一年にわたって、同じ強さの興味を維持していくことが、課題となりそう。私は割と、いっときに集中してものごとを完成させたい方だけれど、これは、一年の間、断続的に書いていくことになる。

はじめの方で、あれもこれもととり込んで、後で力を失わないように、ほどよい均一性とメリハリとのバランスをとっていくことが、だいじそう。

六月某日

週末の講演を控え、日に日にプレッシャーが増してくる。朝起きるともうそのことを考えて、胃が重くなる。

その日、その場所、その時間に遅れずに、間違いなくたどり着けるかどうかという心配から始まって、一時間半、話すことがもつかどうかの不安、人前で視線を集めることへの恐怖、というと言葉が強過ぎるかもしれないけれど。

どうしてこんなに、人前で話すことが苦手なのだろう。雅子様が「見つめられるのが負担」と伝えられるが、その気持ちがわかるような。テレビの方が、むしろ気が楽。放送されて、人目にふれる数はずっと多いのに、そのときあるのはカメラだけで、人の視線は感じないので。

こんなに何日も何週間も前々から、ストレスを感じるのは、その仕事は自分に向いていないのではないか。今も、積極的には受けていないが、そういう曖昧なことではなしに、一切止めようか。家で原稿だけ書いているようにした方がいいのでは。「しかし」と思う。どんな仕事にもプレッシャーはつきもの。「向いている」と思いながらしている人は少いだろう。「ストレスだからしません」なんて、甘いものではあるまい。

それに、収入面からいっても、原稿以外のことをまったくしないわけにはいかない（←それを言い訳に書く以外のことに手を出すのは堕落だとするもの書きの人もいる）。

折りしも、秋の文化講演の依頼の手紙が来ている。趣旨からすると、私にも話せそうなことはあり、引き受けたい気持ちになりかかっている。

でも、ひとたびその予定がスケジュール上に記されると、そこから何週間、何カ月にもわたって前倒しのプレッシャーがかかることを思うと、後退する。返信は、来週いっぱい。週末の講演が終わってから考えよう。即レスポンスが原則の私にしては、めずらしく、返信しないまま留保してしまっている次第。

六月某日

日々の出来事形式で書くイラストエッセイの文章を、数日分書いたところで、読み返す。

一日めだけ、書き直すことにする。

勢い込んでか、あれもこれもとり込み過ぎていて、散漫になってしまうかと。単独のエッセイなら、成り立ちそうだが、百篇くらい続くのだ。一篇一篇は、なるべく焦点をしぼった方がいい。

感じをつかめて、「これでスタートが切れる」というつもりになっていたが、少し書き進んでから振り返ると、やはりまだ目線の置き方が定まっていなかったようだ。

スタートの切り直し。今度はこれで行けますように。

六月某日

宅急便が来たので、受け取って開梱したら、何年か前に出した文庫本が、まとまった冊数入っていた。書状を探したが、何も入っていない。どういう意味？

すぐに察した。品切れ、もしくは絶版扱いにします、ということなのだ。ゆえに、書店では手に入らなくなるので、いくらかをお送りしておきますという。

それにしても。

たしかにこれまでも、品切れ、絶版になったことはある。でも、その際には、担当となっている編集者の人から、電話なり手紙なりで、これこれこうなりましたと知らせがきた上でのことだった。

現物だけ、いきなり送り付けてくるとは。

「あの本のときはお世話になりました。いい本でしたが、この頃は書店でも動きがなくなったので、残念ながら品切れ扱いにさせていただきます」「いえいえ、こちらこそお世話になりました。残念ですが、そもそも本を作って下さり、これまで販売して下さってありがとうございました。またよろしく」というのが、大人のやりとりというもの。

この送り方では、そうした感謝の言葉の交わし合い、「またよろしく」との挨拶の機会もない。要するに、今後につなげる気はない、縁が切れてもいい、ということですね。

そのようにされるのには、思い当たるフシが、こちらにもなくはない。たしかに、その社でさきに出した単行本を、別の社から文庫にすることになった。それを、そちらにはもうお願いすることはない、との意思と受けとったのか。

でも、そのことについては、単行本を作ってくれた部署の人に、お願いにいき、重々お詫びをしながら私の希望を申し述べ、寛容にも快く聞き届けて下さった上で、会社どうしの話し合いがすんでいる。なお、その部署の人とは、良好な関係を保っていて、ひき続き、本の相談をしていくことになっている。それとのかかわりを、どう考えたらいいいか。

あるいは、文庫の人の怒りや対抗措置でも何でもなく、単に私がその人にとっては商品価値がなくなっただけなのか。いずれにせよ、電話も書状もいっさいなしではわからない。

わからないことを詮索するのは、やめにしよう。でも、この文庫、私はまだ人に読まれたい。今現在の自分とそんなに離れていなくて、読み返しても違和感がない。他社でいちど文庫になったものを再び文庫として刊行する二次文庫は、なかなか成立しづらいといわれるが、なんとか再び書店に出るようにできないか。これからの課題としよう。

六月某日

人間ドックから帰って、メールを開ける。来ている！　出版社の編集者からのメール。エッセイ集の企画を諮る会議の日が今日なのだ。通ったとのこと。刊行は二カ月後とのこと。喜ぶと同時に、にわかにフィルムを速回しにしたように忙しくなった。

過去に新聞雑誌に掲載したエッセイなので、形式上、転載許可をとらねばならない。手続きそのものは、出版社の人があたるが、その手続きをどことしたらいいか、誰宛に連絡し、文書を送ったらいいか、その確認は私がとらないといけない。

前に私はこれで失敗している。転載許可は、出版社どうしのことがらだからと、私からは何もしないで任せていたら、掲載していた雑誌の編集者から、不快感を示された。「いきなり、転載許可願いが来たけれど、著者からも、ひとことあってもいいのでは？」と。雑誌と、本を出すのとが、同じ会社の中であったケースでさえ、そう言われたこともある。

一方で、煩わしがる会社もあって、編集者から転載許可願いを送ってもらったら、「著作権は著者本人にあるのだから、諾否も何もないのに、どうしてこういう文書のやりとりが必要になるのか？」と。

対応は会社によってほんとうに千差万別。

過去に同様のことをした編集者の経験から、会社として一括した窓口のあるところへは、そこへ直接、依頼してもらうことにする。その他は、わかる限り、私からもメールをする。「わかる限り」というのが、難題で、ちょっと前に書いたものでも、その当時の編集者が人事異動で、もういないこともあるし、そもそも誰に担当してもらったのか、わからなくなっていることもある。近頃は、メールのみのやりとりで、名刺交換の機会がなく、名刺が手許に残らないことが多く、また、折悪しきことに、私がこの春パソコンを買い替えてしまい、それ以前のメールの記録がない。ゆえに連絡先がわからない。

名刺、メール、掲載記事の切り抜き、当時のスケジュール帳をひっくり返して、八時間近く格闘しながら、メールできるところはメールし、手紙を書くところは書いて、そうこうする間にも、メールの返信が来て、その結果を、一覧表にし、書き込んでいく。

「そんなことしなくたって、出版社の電話番号くらい、調べればすぐにわかるのでは」と思われそうだが、それは主だったところのみ。世には、そうしたところが発行元ではない雑誌、小冊子、広告媒体が、実に実に多い。電話番号のみが、かろうじて残っているところには、「メールアドレスが消失してしまって、電話でお煩わせして、申し訳ありません」と詫びつつ、電話。電話で連絡することに、こんなに卑屈にならなければいけないのもどうかと思うが、メールが主流だからだろう。何かを中断され突然、問い合わせを持ち込まれることに、あきらかに迷惑そうな声を出す人もいた。

著作権云々を言い出せば、断られることはないのであり、転載の手続きは出版社どうしのこと、という原則論で言えば、しなければすむことかもしれない。事実、しなかったこともある。が、それによって過去に生じた、ぎくしゃくした関係、そのことのもたらした後悔や苦痛を思えば、面倒でも、迷惑がられても、ここは歯を喰いしばって、すべき。

でも、完全にはできないので、そのことも心しておかないと。

それにしても、この先、七月から十一月は、これで毎月本が出ることになった。校正、まえがきやあとがきの執筆、連載と併行してのスケジューリングを思うと、喜びと同時に不安もある。

さらに考えてみれば、その本のすべてが、過去数年間に書いたエッセイのまとめ。これでパソコン内の文書は、ほぼ空になる。今年に、いっきに出してしまい、来年はほとんど一からのスタート。本にまとめられるくらい原稿が蓄積されるには、再び数年はかかるから、来年以降しばらく、出版点数は落ちそう。そのことも覚悟していないと。「毎月のように本が出る」のも、今年限りのことと考えておこう。読者の人が、その間も待っていてくれますように。

六月某日

昨日来の転載関係にひき続き携っている。原稿を書く予定が、半日延び、一日また先送りになるのはもどかしいけれど、こうした事務も、執筆と同じ、だいじなことと位置付けなければ。「本来の仕事ができずにいる」と考えてはいけない。

それにしても、後になってこんなにたいへんな思いをするとは。時間が経過してもわかるよう、これからはちゃんとしておこう。その方が結果的には楽なのだから。

六月某日

古びたモノのフォトエッセイのレイアウトができ、文字数も決まったとのことで、打ち合わせに行く。その会社で、単行本の仕事をさせていただくのははじめてなので、上のかたへの挨拶も兼ねて、会社におじゃま。

昨日、今日とも昼間一件ずつ、都心での用事があった。「往復二時間かけて出かけて、一時間半の打ち合わせひとつではもったいないから、他の用事も入れてしまおう」となるのがふだんの私だけれども、この二日間は、そうはならなかった。他に打ち合わせをしたいかたがたが、たまたま、この日は都合が悪かったこともある。自分の都合で、スケジュール立てしようにも、相手のあること。そうそううまくいくものではない。

いつものような詰め詰めスケジュールに、少し距離をとりたかったせいもある。

次の用事の時間や、移動に要する時間を、頭のどこかで常に計算しながら何かしているというのも、どんなものかと。

この二日間、出かける前後はまとまったことができなかったりと、「非効率的」ではあったかもしれないが、その間に、冬物を洗濯する（衣替えをまだしていなかった！）など、ふだんできないことができた。

文字数が決まり、書き始められる態勢になった。が、その前に、八月刊の単行本の校正刷りが来る。転載許可申請をしていたエッセイ集が、校正刷りになって、明日の午前中には届く。許可が揃うと同時に、加筆の必要な文章量も決まって、そちらの原稿の執筆もある。それがすむと、入れ替わりのタイミングで九月刊の本の校正刷りが出る予定。ものごとがいちどきに動きはじめた感がある。月末の二日間は、予定どおり休むとして、さあ、来月も張り切って取り組もう。

七月

七月某日

今月のはじめは、たまたま、話す仕事が続くことになった。一日めの今日は、同じ大学の女子卒業生の集まりで、一時間ほどの講話。同窓だし、人数もさほど多くないし、一時間立ちっぱなしではなく座って話すので、さほどの体力的負担ではないと思っていたが、話している途中、はっと気づくと、背中から脇から、びっしょり汗をかいていた。さきほどまでは、冷房でやや寒いくらいに感じていたのに、人前で反射的に頭を働かせながら話すのは、これほどに交感神経を使うのか。草稿をあらかじめ作っておいて、読みながらでもこうなのだ。若いときは草稿なしで、よく一時間も一時間半ももたせられたと思う。今となっては、とてもできない。

終わると、どっと疲労と空腹をおぼえ、濃いコーヒーで活を入れるか、応急措置的に何か甘いものを食べたくなるのが、あの発汗量からも、うなずける。消費カロリーは相当なものだろう。

七月某日

人前で話す仕事その二は、シンポジウムのコーディネイター、すなわち司会進行役である。コーディネイターは、実ははじめて。自分にはできないのではと、躊躇《ちゅうちょ》したが、大ホールではなく小さな会場であること（その分緊張が少く、われを失うこともないのではと）、つかみやすいテーマであること、などからお受けした。「医療者とのコミュニケーション　よりよいパートナーシップのために」というテーマで、同様のテーマを扱う出版物やセミナーにはこれまでも参加しており、このテーマをめぐっては、どのようなことが論議されているか、テーマをとり巻く環境や、昨今の流れは、なんとなく頭に入っていた。

シンポジウムの発言者お二方の著作を前もって読み、参加申込者から寄せられた質問や意見に目を通し、全体の流れを、おおまかに組み立てて、あとは当日シンポジウムに先立って行われる、お二方の講演を聴いてからにする。

なんとか無事に終了し、ほっ。この年にしても、はじめての仕事があるのだ。どんな仕事も、最初ははじめてなのだから、「したことがない」ことを理由に躊躇していては、いつまでもできないということを、改めて認識した体験だった。

コーディネイターははじめてだが、シンポジウムそのものは、発言者として何度か参加しており、そのときに、コーディネイターの人の仕事ぶりを横で見ていて「このようにするものなのか」と、漠然とながら感じていた経験も、今日のためには大きかった。まねるは、学ぶの基本だと、これも今日改めて知ったこと。

終了後、主催者や発言者のかたと会食をする。家で作って食べるのが基本の私には、めずらしい。和食の懐石で、品数がかなりあり、律義にいただいていたら、相当お腹がいっぱいになった。それでも、帰宅後体重計に載ってみると、不変。コーディネイターの仕事で、カロリー消費したからか。「講演ダイエット」というのもあり得るな。講演の多い人は、どうしているのだろう。

七月某日

人前で話す仕事その三。今日は二つ続きで、夕方五時からＮＨＫのラジオ、八時からＮＨＫ教育の「視点・論点」の収録がある。ラジオの方が、先に決まって、「何度も来ていただくのは申し訳ないから、同じ日にしましょう」とのはからいだ。私も、二日間にわたって行き来するより、一日にまとめられれば、一日はずっと家にいて原稿を書ける日を作れるので、願ったりかなったりだが、体力的には、二つ続けてはどうなのか未知数。

いずれにせよ、五時から十時近くまで続くとすると、夕食をとれないから、遅めの昼をしっかりとっていこうと、日中は外出の用事を入れず、家でサバの塩焼きをしたりした。

ラジオは、この前出た本の話が中心なので、本の広報としても、ありがたい。「視点・論点」は、社会に呼びかける特徴をふまえて、ボランティアでしている活動について話すことに。

事前の準備が、私には意外とたいへんで、ひとりでカメラに向かいっぱなしで話す。ゆえに、時間ちょうどに収まるよう、正確な草稿を、作らないといけない。番組は十分だが、正味九分十五秒だそう。キッチンタイマーで計って、何度も調整した。

五時からラジオの打ち合わせに入ると、そこから後はあっという間。家に帰り、遅い夕飯をとってから、いつものメールチェック、ファクスなどの事務処理をする。

これで、一連の話す仕事は終わった。明日からは、通常の日々に戻る。来る日も来る日も家で、原稿を書いているときは、それはそれで苦しく逃れたいと思うのだが、家にいられず、原稿に向かえない日々が続くと、早く書きたいという焦燥感に似た気持ちがつのることを知った。

明日からは原稿。古びたモノがテーマの書き下ろしにとりかかる。

あ、でも、明日の午前中には九月刊の本の校正刷りが来るのだった。何日戻しだろう。古びたモノの原稿を、一篇でも進めたいけれど、校正の方が先で、執筆開始はまた延期になるだろうか。

七月某日

昼の十二時少し前、ドアチャイムが鳴る。「宅配便だ。九月刊の本の校正刷りが来たのだ」と、ドアを開けると、思いがけないことに、その本の編集者の女性が立っていた。不意の来訪を詫び、校正刷りとともに、マンゴー一つの入った袋を渡す。すぐにわかった。今日の午前中届く宅配便に乗せるところまで、昨日、準備が整わなかったのだろう。それでも、今日の午前中着との約束を違《たが》えないよう、じかに持って来ることにしたのだ、きっと。

十二時直前という時間にも、配慮が感じられる。あまり早くては、著者によっては寝起きだったりして、ドア口まで出られる状況ではないかもしれない。十二時直前は、午前中という約束の範囲内で、かつ、突然の訪れを受ける立場のことも考えた、二つの条件の折衷点《せっちゅうてん》なのだ。

瞬時に、そのへんのことを察する。先方は渡すものを渡して、ドア口でそのまま帰っていった。マンゴー一つという手土産も、負担を感じさせない、気持ちのいいものだった。付いていた手紙には、一週間ほどでご返送願えれば、とあった。

先方が暑い中、足を運んでまで、期日を守ったのだから、校正をして戻す方の私も、それに応えて、必ず期日内に返さねば。

今日一日は、始めかけた書き下ろしの原稿の執筆に専念させてもらって、明日は一日、この校正刷りと向き合おう。

七月某日

集中して見たせいか、校正は昨日一日で終わった。今日は朝から、再び、書き下ろし原稿の第一章にとりかかる。ようやっとまる一日、これに専念できる。

これまで、外出前に許されている時間めいっぱいこれにあてようと、時間に追われながらも、できる限り、平常心を保って、何度も何度も書き始めているところを、また一から書く。

昼も夕方も外へ出ず、夜も日付けの変わるまでの時間をかけて、なんとか書き抜いたものの、いまひとつ納得感がない。それなりに形はついているものの、なんだか散漫の感を免れないのだ。

たぶん、この章で、もしくはこの本で、自分が何をしたいのかが、詳細な項目立てまでしたから、その問題はとうに解決ずみのつもりでいて、実は、まだはっきりしていないのでは。
もういちど、この章の（あらすじにあたる）メモ書きから、作り直すことにしよう。

七月某日

いきなりメモ書き作りに行く前に、今日はあえて、原稿から少し距離をとる日にした。周辺の本、関係なさそうでありそうな本。それらを読んでみることからも、自分の書こうとしていることが、つかめてくるかと。

時間的には、まるまるパソコンに向かえる日。なのに、それ以前のところで足踏みしているのが苦しいが、一日早くとりかかれようと、本そのものにとっては、意味のないことなのだ。早くとりかかりたいのは、私の欲求であって、読者とは関係のないこと。読者は、その本が書き出すまでに何日かかっているかなんて、あずかり知らない。あくまでも、その本に何が書いてあるかを読むのだ。

七月某日

メモを作り直し終わって、さあ、もう一度、頭から書き始めたいが、今日は折り悪しく、夕方から用事。時間を区切られながらとりかかるのでは、これまでと同じことのくり返しになりそうで、書きたい気持ちをこらえて今日は、別のことをする。こういう、抑制というか、自分をコントロールする辛抱のようなものも、仕事のうちだと思う。詭弁《きべん》ぽくなってしまうが、書かないことも、書くことのうちであると。

七月某日

作り直したメモ書きに基づいて、ようやっと一から、とりかかれる。この前と同じように、朝から夜までかけて、一章まるまる書き直した。

でも、全体でも二回、特に三分の二くらいまでの部分は、これの一週間以上の間出かける前のぎりぎりの時間を使って、何日も何日も書いたところだから、ほんとうに新しく内側からわくものによって書けているのかどうか。頭が前の文章を記憶してしまっていて、記憶の形骸にひきずられて書いてはいないか、不安だ。

第一章のおしまいまで書いたが、今日のをもってして終わったということは、できない。もういっぺん、リライトしよう。

七月某日

書き下ろしの第一章に、まだとり組んでいる。昨日、しまいまで書いた原稿を、今日、もういっぺん、頭からリライト。一週間以上同じところを書いていることからの、慣れや、新鮮さを失うことや、やりきれない思いなどに陥らないよう、注意深く自分の状態をとらえ、内側からわくものを保ちながら。

ようやっと、満足のいくところまで行けた。深夜にメールにて送る。達成感より、脱力感と消耗の方が深い。

この間、短いエッセイの原稿を、〆切りが近づくのを案じながら、手がけずに放置していることのプレッシャーも、相当なものだった。それとの闘いに、疲弊した面もある。

こんなに呻吟《しんぎん》するのは、第一章だからだと思いたい。新しいものにとりかかるときの私は、多かれ少なかれ、そうではないか。この前の日記形式の本だって、何度かやり直した後、滑り出せたではないか。そう自分に言い聞かせる。

七月某日

原稿を送った相手から、受け取りましたのメール。思いがけなくも、午後、読みましたのメールが入った。先方の気持ちにもかなったようで、心からほっとする。こんな本を作りたい、作りましょうと、企画意図は一致していても、互いの思うところが合うかどうかは、原稿が出てこないと、わからない部分が、実は大きいのだ。何度も書き直したがゆえに、自分のしていることを見失っていないか不安だったが、メールからすると実現できていたようで、ほんとうに、ほっとする。

今日は、第二章のあらすじ作りにとりかかっている。だいたい、原稿用紙一枚ぶんにつき、A4の紙に一枚のメモになる。二章は、十七、八枚の章。

昨夜は疲れていたからか「ようやっと一章が終わって、次また十七、八枚か。項目立てを見ても、そんなに書けるだろうか。書くことがあるだろうか」ととても重く感じたが、いざ、メモを作り出すと、あれも書きたいこれもと、ずいぶんあって、むしろ一本の筋を通すのがたいへんなほど。

これで二章も、必ず書ける。問題は、途中で分断されないで、まとまった時間をとれる日を、確保することだ。できれば、朝から晩まで。できれば三日続きで。

七月某日

古びたモノの書き下ろしの、第二章、はかどる。第一章で、あれほど苦しんだのが、嘘のよう。あと一日で続きを書いて、さらに一日かけてリライトすれば、でき上るか。執筆の進むことが、何よりも心がはれる。

短いエッセイの受注が二つ。一つは今月刊の単行本の広告関係で。本の問屋さんにあたる、取次会社が発行する、小冊子に。もう一つは、週刊誌の読者ページの夏休み特集に。このタイミングで、仕事をいただくゆくたては、わかる気がする。このページで前に書いたエッセイを、八月刊の単行本に収録することになり、週刊誌の編集部と、久しぶりに連絡をとったのだ。

書き下ろしを主にするため、単発のエッセイは、原則入れていないときも、こうしたケースは、例外になる。

七月某日

医学記事の審査表に、審査結果を記入し、返送。ひとつの荷を、下ろした思い。

ある団体が主催しているコンクールで、全国紙、地方紙に、前年度掲載された医学記事の中から、何点か選んで、表彰する。審査員の中には他に専門家がいるので（というより、私を除く全員が専門家）、私はあくまでも一読者、一市民の立場で、読んでどうかを採点するのだが、読む量が半端ではない。Ａ３の紙にコピーして重ねたのが、ダンボール一箱の厚さある。裁判資料のような。

　五月に受け取ってから、少しずつ少しずつ読み進めてきたが、この間、とにかくそのダンボール箱が目に入るだけで（目に入らずにはおけない大きさ）、果たすべき任務の存在を、ひしひしと感じてきた。ようやっとそれが終わって、あとは、最終審査会を待つのみ。

　最終審査会では、意見を交わす。専門家から見て的外れだろうと、恥をかこうと、自分はどう感じてこう評したかを、臆せずに述べなければ。それはそれで、乗り越えるべきものがあるが、二年めの今年は、昨年の経験から、知識のないことを笑われはしない、公平で、紳士的な場であることがわかっているため、気は楽だ。

七月某日

アマゾンで買いたい本があり、和書のサイトを開く。いけないとは思いつつ、今月刊の本のことが気になり、見てしまった。そして、ああ、やめた方がいいとは思いつつ、その前に出した本の、読者レビューが載っていたので、ついつい目が。その結果……やはり、やめておくべきでした。うちひしがれました。

なんと好き嫌いの多い人か、四十代独身女性の、独身たるゆえんがわかるといった評。そんなつもりは、と抗弁はしない。それが、その人の感想であり、その人の読んだ私の本、その人の受けた、私という著者の印象なのだ。

名を出して仕事をするとは、まさに「世に問う」こと。どんな答えが返ってきても、そのとおり受け止める他ない。評するのではなく、評されるにゆだねること。私も、医学記事の審査のときは、評する方の立場であった。

書くことに限らず、どんな仕事でも、そうなのだろう。名刺を持たずに仕事をする人はいない。働くとは、自分の「名を出して」、絶えざる評価、批判にさらされること。

もうひとつ、当たり前だけれど、心しておくべきは、世の中には自分のことを好きな人もいれば嫌いな人もいる。恵まれた人間関係の中での仕事が続くと、つい忘れがちだが、それが社会の現実なのだ。

それにしても、アマゾンで自分の本をクリックするのは、今度こそ終わりにしようと決意。

七月某日

先々月に行った、雑誌対談に関する、支払いの件が、不明のまま。対談をまとめた原稿を校正した際と、掲載誌が出た際と、二度にわたって、振込み先をお知らせするメールを送ったのだが、返信がない。

もしかして、ギャランティはない？

それはあるまい。対談にあたっては、事前に資料を読み、話の組み立てを考えるメールを、編集部とやりとりし合い、当日は往復に要した四時間近くを合わせて半日をかけ、事後も原稿の校正をした。それは、純然たる「労働」であり、しかも私にとってかなり本業に近いところにある「仕事」である。額の多寡はともかくも、「仕事」としてとり扱ってほしい。

ボランティアを期待されているのか。

もちろん、無報酬で何かをすることもある。

だが、それならそれで、依頼のときに「ギャランティはお支払いできないのですが、いいですか」と確認があるのが、筋だと思う。資料が送られ、話の構成案が送られてきてと、どんどん進み、すべてが終わった後になり、「実はあれは、ボランティアでした」では、通るまい。

私にも、落ち度はあるといえばある。お受けする際「これは、ギャランティの発生するお仕事として、お受けしてよろしいんでしょうか?」とひとこと尋ねるべきだった。はじめてお付き合いするところだから、特に。事前にも、構成案までやりとりするくらいだから、まさかこれが「仕事」でないとは思わなかったためもあるけれど。

いや、落ち着いて考えよう。「仕事」でないとも、振込まないともまだ言われたわけではない。これから、支払いがあるかもしれない。

だが、それならそれで、二度のこちらからの問い合わせに、返信がないのは、なぜだろう。

ああでもない、こうでもないと考えていても、しょうがない。このまま放置しておくと、相手に対する悪感情を育てかねないので、そうなる前に、聞いてみることにした。お金のことを聞くなんて「それればっかり考えている人」みたいで、自分の評価を下げるかもしれないが、それは仕方のないこと。人になんと思われようと自分としては、胸の内のわだかまりを解消することの方が、精神衛生にずっといい。

メールではなく、電話をした。対談の機会をいただいた礼に続き、お支払いについてはどのような予定でおられるかと、伺う。掲載号の翌々月末に振込むつもりでいたこと、金額はいくらいくらとの回答。「こちらから言わない限り、このまま払わずにすませるつもりではないか」との不信が、消え去るのを感じた。電話して、よかった！

急かすような電話になった失礼を詫び、金額そのものは、同様の仕事でふだん受け取る額よりは低いものだったので、「将来、他社から自分の対談集を出す機会があったときは、今回の対談を、無償で収録させていただきたい」ことを、併せてお願いし、了解いただいた。

多少気がとがめたが、後味の悪さは残らず、思いきって電話してよかった。メールではなく、直接話せたのも、誤解や感情のゆき違いが生じるのを防いで、よかったと思う。

それにしても、こんな取り越し苦労やトラブルの芽を、未然に摘むためにも、仕事を受ける際に、ちゃんとギャランティの伴う「仕事」かどうかを確認をしよう。

誰だってお金の話はしにくいものだけれど。

　話したり書いたりは、形がなく、値札もついていないだけに、つかみにくい仕事だ。例えばふつうの店に入ってきて、商品を手にとったお客さんが、代金を支払わないで持っていくことは、ないと思う。「これいただけますか？」「はい」というやりとりがあっても、「いただけますか」は、あくまでもこれからの支払いを前提にしていて、店の人も当然そのつもりで、「はい」と答えるだろう。店の人が、お店以外のところで、ふだん扱っている品と似たものを、人にさし上げることはあってもだ。

　私の仕事だと、どうやらその「はい」と答える際に、「お客さまとしておいでいただいてますでしょうか」「お支払いはいただけると思ってよろしいでしょうか」と確認しないといけないよう。品を手にとっている人すべてにそうするのは、気の重いことではあるけれど、お店そのものを守るためには。

七月某日

古びたモノの第三章。下書きをして、パソコンで書き始める前に、今日は資料を読んで探す日。

下書きをしてみると、どのへんの知識をつけた方がいいかが、わかる。知識の裏付けがなく、「感じ」だけで組み立てていこうとすると、書きたいことがいまひとつ整理できていないようで、「文章にしはじめても、ここのところが、うまく運べず、停滞しそうだな」と。結局は、論理構成があいまいだから、その箇所へ来ると、どう言葉をつないでいったらいいか、手を束《つか》ねて、同じような語句を、あっちこっち移し替えたり、入れ替えたりするばかりで、先へ進めなくなってしまうのだ。

パソコンで実際に書いていった途中で、「ここは、整理が足りない」と気づくときもあるし、今回のように、下書きの段階で、わかるときもある。

本屋を何軒も回り、久しぶりに、こんなに長く書店にいた。買って帰った数冊を、知りたいことを中心に、流し読む。

文章は全く書かなかった一日だけれど、必要な手続きであるという実感から、焦りはなし。私はよく、「計画より遅れている」「予定よりも日数がかかっている」ことに非常にもどかしさを示すけれど、別の用事が入ってくることで、そうなるときが多いよう。意識の流れが分断されず、集中が続いているときは、思ったより時間がかかったり手間どったりしていようと、苦痛ではないのだ。

七月某日

仕入れた知識で補強をし、部分的に書き直した下書きをもとに、パソコンで文章を書く。ひととおり書いたけれど、途中から「あ、これは、終わりまで書いてから、もう一回、最初から書くことになるな」と思い始めていた。

読んだ資料の論理構成に、ひきずられてしまっている。人の本から知識はとり込んでも、それを裏付けとしながら、言っていくものは、あくまでも自分の「感じ」「考え」たこと。裏付けと表？が逆転してはいけないのだ。自分の「感じ」「考え」が、より伝わりやすくするための組み立てを、知識で補強したのは事実だし、また必要な補強であるが、補強工事のあとが、ありありとしていては、まだ自分の中で、こなれていないことなのだ。

こなれるためには、時間を置くことと、くり返し書いてみることが、必要なのだろう。

書く中味は「感じ」であっても、それを書いていく手続きは、なんと左脳的であるかと思う。

よく、人から「ものを書く人って、あれですか？　興が乗ったら、ばーっと書くんですか？」と聞かれる。

たしかに興が乗る（乗せる、もしくは、乗るように持っていく、という表現の方が近いが）こともだいじだけれど、「ばーっと」と形容される、放出のようなイメージではないように思う。もっと自己抑制的というか、興が乗りつつも一方で自分のしていることを、客観的、批評的にとらえているといおうか。長く続けているとそちらの部分の方が、訓練されていくよう。

七月某日

古びたモノの執筆が、四章まで終わった。やや、ほっとする。外での仕事の続く日々から始まった月だが、思いの他、進んだ。

家にいることができ、雑誌等の〆切りがないと、はかどるし、書き下ろしのはかどることが、何よりも精神衛生にいいと、つくづく感じる。

でもそれだけでは、月々の収入がなくなってしまうから、難しいところだ。調べていないのでわからないが、今の連載だけでは、住居費にも満たないはずで、問題かも。

でも、書き下ろしを進めることには代えられず、もう少しこのままで続けたい。八月には、遅れている十一月刊の本のまとめが入ってくるのだ。出張もある。九月からは、料理本の制作と執筆も、始まるだろう。今のうちに、この本をできるだけ進めておきたい。

蒸し暑くなった。今月最後の日は、散歩番組の撮影。ほぼ三カ月ぶり。一日、屋外。熱中症に注意、飲み水を多めにとのメールが来る。この前は、寒さ対策に頭を悩ませていたのに、季節の移り変わりの早いこと。真夏日にはなりませんように。

八月

八月某日

散歩番組の撮影のあった昨日は、家に帰ると、どっと疲れ、髪も洗わず寝てしまった。

暑かった。アスファルトだからよけいに。

散歩コースには神社が入っていて、歴史ある神社だから、うっそうと大樹が茂っていよう、大きな日陰もあるだろうと期待していったら、なんと、木が一本もない。地面も全部、アスファルトで固められている。その照り返しといったら。上からだけでなく、下からも暑い。今、足元に卵を落としたら、確実に目玉焼きができる。よく熱中症にならなかった。

最後のシーンは、JRと都電の交差する駅で、常磐線が鉄橋を渡るのを背にしながら、都電の駅へと帰っていくのだが、鉄橋の前で待てど暮らせど、常磐線がなかなか通らない。山手線とは、本数が違うのだ。

その一シーン残すのみのところで、終われずにいる。常磐線が、鉄橋にさしかかるや、歩き出すことになっており、その瞬間がいつ来るかわからないので、軒下に逃がれるわけにもいかず。立っている間にも、汗がじわじわわいてくる。おそるべし、常磐線待ち。

朝九時過ぎから、夕方六時近くまで外にいて、スタッフの黒のポロシャツには、汗の塩が、白く粉をふいていた。

今朝起きて、パソコンに向かうと、肩や背中が凝っている。立ちっぱなしだった足腰ならばわかるけれど、全身筋肉痛とは。

疲労もひと晩眠っただけでは、とれなかったよう。私は昨日一日だけだけれど、スタッフは連続。プロデューサーにいたっては、一昨日は、別の人の散歩の撮影のため御岳山の頂上まで上ったと言っていた。それで、昨日の朝九時には、現場に来ているのだから、驚く。六十歳なのに。私もこんなで、顎《あご》を出してはいられない。

しかし、疲労で集中力が出ず、今日は原稿の下書きは断念、事務処理に徹する。今日で下書き、明日パソコンで打って、明後日リライトの三日間で仕上げる計画が……。しあさっては、別の用事が入るので、一日ずれると、終わりは一週間近くずれ込んでしまう。

でも、計画どおりにいかないストレスへの耐性をつけるのが、私の課題なのだった。

しかし、こうも疲れをひきずるとは。撮影の後は、次に外でする仕事との間を、必ず一日あけないと。これでセミナーの講師でも入っていたら、目もあてられなかった。

夕方、往生際悪く、下書きにとりかかり始めたが、ひきずり込まれるような眠気に襲われ、再び断念。いったん寝て、食事を作り、夜は事務処理。それでも眠い。

こう力が出ないのは、疲労ではなく、冷房にあたった？ 昨日、外で暑かった反動で、私にしては冷房をかなりかけていた。

八月某日

健康づくりを推進する運動の象徴？　のような役割の仕事を、熟慮の末に、辞退した。こう体調が一定しなくては、任に堪えなさそうというのが、主たる理由。

象徴役ともなれば、人前に出る仕事が今よりも増えるだろう。それによって、書く時間の減ることも恐れる。人前に出ることも仕事の一部だが、執筆とのバランスを崩さないよう気をつけたい。本は何千部単位だけれど、新聞、テレビは何百万？単位。ただでさえ、そちらの方での印象が突出しやすいのだ。

散歩番組のディレクターさんからメール。「お疲れは残りませんでしたか？　私はトシのせいか、翌日まで残って困りました」の文面に笑った。

なーんだ、そうか。私だけではなかったのだ。あるいは、私もトシのせいなのだ。体調云々とあまり深刻に考えるのは、よそう。

八月某日

親の家のことで、何回も電話がかかってきたり、かけたりで、二日間、ほとんど仕事にならず。やりとりを日記に再現すると、気が滅入るので止めるが、私たちの年になると、そういうことに直面するのだなあ、仕事のことだけを考えていられる環境で、働けるわけではないのだなあと痛感。多くの人がそうなのだろう。子育てとか介護とか、あるいは離婚を進めているとか、私生活上のさまざまな悩みや心配事にとり囲まれ、隙あらば押し寄せて来ようとする圧力の中、仕事を続けているのでしょう。何の問題も抱えていなさそうな人でも、きっと。

たまたま取材の依頼の電話をかけて来た、フリーのライターの女性が、前からの知り合いで、同世代でもあったので、しばしその種の話をする。

その人は、親が入院して、もう半年以上。入院は三カ月を超えることはできないから、転院先の、療養型の病院を探したり、介護保険のケアマネージャーさんとやりとりをしたり。移った病院へも、毎日、痰の吸引に通っているとか。出張とか、相手のスケジュールに合わせないといけない取材など、さぞかしやりくりを要し、気苦労が伴うことと思う。

その種の話の重なる日は重なるもので、電話をかけてきた別の人も、今、親が入院しているそう。その人のケースは、ずっと昏睡《こんすい》中で、その状態がこのままずっと続くのかも、回復に向かうかも、あるいは急変するかも、まったくわからない。

「だから、仕事中も携帯はできる限りとるようにしています。長い出張の予定は、正直言って、立てられません」とのこと。

みな、いろいろあるのだ。

落ち着かなくはあるけれど、できることはしたら、とりあえずそのことから気持ちを切り離し、仕事は仕事で、なるべくふだんと近い状態でしていくほかない。

自分の意志や努力では、どうにもならない事情は、これからも増えていくでしょう。その中で、すなわち、ベストとはいえないコンディションの中でいかに集中を保つようにするかの訓練が、これからは必要なのだと思う。

八月某日

今月に出る単行本について、その本に収めたエッセイを、連載していた会員向け冊子が、その本を紹介するページを、わざわざ一ページ設けてくれたとのこと。出版社から連絡がある。

冊子を編集する会社と、出版社との間で、進めてくれていたらしい。

深く感謝。連載が終わったあとも、そのエッセイの載る本を、こんな形で応援してくれるとは、なんとありがたいことか。感激して、お礼のメールを送る。

二カ月前、転載許可の手続きをとるために、掲載誌や、その号数や、担当者の連絡先の確認で、てんてこ舞いした本である。そのさなかには、「許可といっても、形式的であり、不許可のことはないのだから、手続きを省略してもいいのでは」と思うことも、なくはなかった。

でも、こうした好意に満ちたとりはからいに接すると、やはり省略しなくてよかった、一件一件、許可をいただいてよかったと、確認のかいがあったような、逆に、それをしなかったらどうなっていたかと、どきっとするような。同じ、自分のところに連載していたエッセイが本になるのでも、事前に知るのと事後とでは、受ける印象は、全然違うだろう。

書く時間を、何よりもだいじにしたい私は、それ以外の作業について、「書くことにあてられるはずの時間を、このことに、とられた」という意識が、どこかにあるのを否めない。事務については、「自分は完全でなくても80％か90％くらいまですればいい。出版社の人が１００％になるようフォローしてくれるだろう」という意識もまたあることを、恥ずかしいが認めざるを得ない。それで、失敗をまねいたケースのあることも、六月の日記に書いたとおり。

感激すると同時に、そのことを反省させられるできごとでもあった。

八月某日

夕飯の買い物から戻ると、留守電が入っている。聞きとりにくいところがあったが、仏像の番組の人らしい。ご相談したいことがあるとのこと。ちょっと、どきどきしてしまった。

日曜美術館のような感じの、仏像の番組だろうか。仏像については、知識はないが、関心はある。詳しくなりたいし、これからのテーマのひとつにしてもいいくらいの気持ちもある。

もしかして、番組の案内役みたいな人を探しているのだろうか。知識はないが、これから勉強していく入門者、先生のような人がいて、その人から学んでいく聞き手の役ならつとまるかも。その体験をもとに、自分でも仏像をめぐって、本も書けるかも。しかし、毎週は。でも、一日に二本まとめ撮りをすれば……などと、数秒のうちに、あれこれと考えが、頭の中をかけ巡った。

電話番号も、表示からわかったが、向こうからまたかけると言っているのを、こちらからかけ直しては迷惑かもしれないし、積極的に過ぎるかもと思って、折り返しかけるのは控える（このかけ引き。内心好きな同級生の男子の電話を待つ、中学生のよう）。

再びかかってきて、そのときわかった「相談」とは。予想（妄想）とは違うものだった。

好きな仏像を、何か挙げて、その仏像を訪ねたり、好きなわけを語ったりする番組で、「そういう仏像はありませんか」と。これから勉強しようという私には、現時点では「この仏さまが好きです」と挙げることはできないので、残念ながら、不成立。

肩すかしと同時に、仏像という一語から勝手に解釈し、期待と、毎週収録のある心配までしていた自分に赤面。なんて、おっちょこちょい。ま、こういうこともあるでしょう。

八月某日

古びたモノの一章分の書き下ろし。前に紙の上であらかた書いて、パソコンで一回文章を作成して、今日はもう一回はじめから書き直して、つごう三回書いたわけだが、三回めを終わっても「これは、もういっぺん、書き直さないといけないな」と感じた。

文章に、どうも通りの悪い箇所があって、まだ、書き直しの余地あり、との感が残る。

そういうところは、言わんとすることが自分の頭で整理しきれておらず、文章が行ったり来たりになっているか、頭の整理はついているけれど、それを文章に乗せていくときの、文章の調子を維持する体力が尽きて、うまく流れるようになっていないか、どちらかなのだ。

明日、もういっぺん書き直そう。でも、さすがに四回めともなると、「ああ、このへんで、前回も前回も、通りが悪くなったのだな」との記憶があるから、かえって自然に流せずに、同じところでつっかえ、淀んでしまいそうな恐れもある。

なんとか、新鮮な気持ちで、四回めに向かえるように。それにはよく寝て、一章ぶん同じ調子を保てる、体力を養うように。

八月某日

四回め。朝ごはんを食べたら、「さあ、今日で決めるぞ!」の気構えで。六時には打ち合わせの人が駅近くの喫茶店に来るから、五時半までには、終わりたい。昼抜きも辞さない覚悟。

保険会社の人から、「何々の書類に判こをいただきたいので、二、三分おじゃましていいでしょうか」との電話があったが、その二、三分で、調子を維持する集中力が途切れ、一日がフイになりかねない。申し訳ないが、今日は来客続きで、別の日にお願いしたい旨、返答。仕事の電話やメールでは、途切れるまでいたらず、むしろほどよい息継ぎになるのだが（さすがに、それがないと、朝から夕方まで、もたない）、対面して話すと、戻れない。人と会う仕事は一日に固めようとするのも、それがため。

昼抜きで、表現は悪いが「ぶっちぎりで」書き抜き、どうにか、得心の行くところまで仕上がったと思えたのが、五時二十分。出かけるしたくをしないと。戸締まりオーケー？　おっと、打ち合わせの筆記具、持った？

それでも、打ち合わせ場所へ急ぐ足取りは軽い。どうなるかと思ったが、あの章も、書けてよかった。

八月某日

書き終わった章を送った人から、受け取りましたのメール。短い感想がついていて、その中に引かれていた例に、「あっ」と思う。

その例は、三回めでいっぺん落として、四回めに、やはり復活させたものなのだった。三回めのときは、文章の淀み、滞りに自分でいらだっていたのか、「これは必ずしも、なくてもいい例だ。こういうのがあるから、読んだ感じが煩雑になる」と、削除したが、四回めのときやっぱり自然に出てきたので、それならばと消さずにおいた。

それが、相手にもピンと来る例だったらしいから、「なくてもいい例」ではなく、話にとって効果的な例、「ある方がいい例」だったのかもしれない。

判断とは、かくも違いのあるものなのだ。話の大筋は一回めからずっと変わらないが、細部はとり止めたり、つけ加えたり、二、三、四回めと、そのつど少しずつ変えている。そのどれが、書こうとしたことをいちばんよく実現しているのかは、わからない。でも、自分としては、少くとも自分ではいちばん得心のいった最後のものが、その前よりも、実現により近づいていると思いたい。

そんな気持ちが、ふだんからあるので、先方からのメールに、四回めで復活させた例への言及があったことに「あっ」と目が留まったのだった。

いよいよ、あと一章。紙に下書きを作ろう。

八月某日

今度の章は、四回めまで書き直さなくても、三回めの書き直しで、自分の思うところまで行けそう。昨日、二回めをして、今日は、あと一回を残すのみ。この書き直しが、スムーズにすんだら、本文の執筆は終わりである。うまく書き抜けるか？

朝ごはんの後、めずらしく濃いめのコーヒーを入れ、「よし、これで決めるぞ」の思いで、仕事机へ運んでいった。

……終わった。この章では、二回めのとき、一回めのときにはなかった言葉が、ふいに出て、それが、本全体の実は核なのではという、発見があった。三回めでは、構成はほとんど変わっていないけれど、意識の流れはその言葉につながっていくようになっていた。

これはしばしば起こることで、私は本全体の構成も、各章、篇の構成も、かなり立ててからとりかかるけれど、構成は変わらないまでも、立てた時点の頭になかった、思いがけない何かが出てきて、「あー、この構成で、つまり私はこれをしたかったのか」と、後から気づくことが多い。

書いているうちに引き出されてくるもの、書きながらの発見、というのは、やはりあって、ゆえに私は、企画を会議に通す段階から、売り方まで方向付けるのは、ほんとうはどうかと思う部分がある。会社という組織で行うことだから、やるかやらないかを決める時点から、いろいろな部署の考えが入ってくるのは、いたし方ないことだが。

八月某日

暑い。テレビでは、屋内にいても熱中症に注意するよう、呼びかけている。水分もまめにとるようにと。私も、家にいて、一日に五、六杯、お茶を飲む。

仕事部屋の机の向きを変えた。仕事部屋の窓は、西に向いているので、午後になると陽ざしをまともに浴びて、西日の頃には、カーテンを閉めても顔がまっ赤になり、のぼせるよう。

少しは違うかと、九十度回転させ、左の壁向きに。それでも右半面が暑い——。左右で顔の色が変わりそう。

お盆の時期、今は必ずしも、会社ごといっせいに休業、とはならないようで、ぽつぽつとメールが来る。それでも、ふだんよりは少いかな。

私は、いちばん暑くて、交通機関も混むこの時期は動かないようにしようと、家でぽつぽつ原稿書き。それでも、ふだんよりはペースを落としている。

夏休みをどうするかな。夏に限らずとも、仕事をやりくりさえすれば、休みはとれるとの思いから、いまひとつ切迫性がなく、結果的に、特に長い休みはとらないのが常。フリーでも子どもがいると、また違うかもしれない。子どもの夏休みに合わせようとするだろうから。

八月某日

コンサルタント業の人から電話。ある会社の小セミナーで、自分と対談をしないかとのお話。仕事の機会をいただけるのはありがたいが、やりとりをしているうち、思い出してしまった。以前にも、その人からの紹介で、別の会社のセミナーにて対談したが、そのときのことを。

事前に日を設定しての打ち合わせのときから「これは、誤ったかも」と思った。指定場所であるホテルのティールームに、その人は来たものの、当の会社の人が、いっこうに現れない。その人の携帯に連絡は入るようだが、その人の説明も要領を得ず、打ち合わせのようでいて、ただ時間延ばしをしているようでもあり、結果的に、会社の人は、一時間も遅れて来たのである。

遅れてはならぬ、とは言わない。遅れるのには、相応の理由はあろう。私にも、そういうことはある。

が、一時間もとなったなら、その間待たせるのではなく、その時間にしか着けないことを詫びとともに告げて、別の日に設定し直すべきでは？

しかもしかも、私がつくづく失望したのは、遅れてやって来た人が、手に漫画週刊誌をむき出しで持っていて、席に着くと同時に、テーブルの上にぽん！　と置いたのだ。

しつこいようだが、漫画週刊誌が悪いとは言わない。しかし、一時間も人を待たせたのである。仮に、ここへ来るまでの電車の中で読んできたとしても、鞄に隠すくらいの配慮はないのか。たしかに、焦って気をもんで乗っていたところで電車が速く走るわけではないから、駅で下りる直前までは、何をしていようと自由である。が、その漫画本を、あろうことか、待たせておいた人の眼前に出すとは。「一時間遅れで到着することに、何の痛痒《つうよう》も感じずに、のほほんと乗ってきました」と言っているようなものである。悪びれもせぬ態度とは、まさにこのこと。

一時間遅れたこと、その途中漫画週刊誌を読みながら来られる、神経の太さもさることながら、「こんなもの出していては、まずい」と慌ててしまう気働きすらないことに、呆然とした。

それからは、万事が推して知るべしだった。事前の連絡、何日の何時に、いったいどこに行けばいいかといった初歩的な連絡から、当日の段取り、事後の支払いに至るまで。一時間の対談ということで受けた仕事だったが、六時間も人を拘束し、待つ場所は、パイプ椅子ひとつ用意されていないといったありさま。心底、後悔した。あのとき、あのむき出しの漫画本を持って現れたとき、紹介者であるその人の手前もあるからと、席を立つことを思いとどまった、おのれの優柔不断を。

それらの記憶がありありとよみがえってきて、電話口で私は、ご遠慮したいと言った。今回は、会社は別だし、この前もその人が悪いわけではないのだとしても、その人からの紹介というだけで、あのときの思い、自分が会わなくていい人に会っている、居るべきでない場に居る、という違和感、後悔、優柔不断さと、それでも結局は収入になるからと受けてしまったことへの自責の念、などなどが、切り離せなくなってしまった。

「何が問題ですか」と問われて、私は言った。何時にどこに入って何時に退出するか、拘束時間と場所をはっきりと示してほしいこと。事前に日を設定しての打ち合わせはなしとし、セミナーの趣旨、参加対象、人数などを知らせてもらった上で、それに基づき、話す内容を、メールや電話で相談したいこと。支払いの件も確認したいこと。そして、これらは、セミナーを行う側が文書にまとめてくるのが通常であって、そうした、通常のしかたに慣れていない会社に、ひとつひとつ説明し、合意を形成していく気持ちの余裕は、今の私にはないことを話し、話しながら、何時から何時までか、とか、細かいことをうるさく言い立てているのが、せちがらいような、情けないような、みじめな感じがするのだった。

「私が間に入って、とりまとめればいいですね」のひとことに、口をつぐむ。「ご返事をいつまでお待ちすればいいですか」なおも言うと「十分以内にお電話します」。えっと拍子抜けした。そんなに早く片の付くことなの？

果たして十分以内に、私の挙げた点は、すべて明らかになって、戻ってきた……。なんだか、ひとりで力んで空回りしたような。過去に苦い思いをしたぶんを、たまたま同じ人の持ってきた話だからと、今度も似たようなものと決めつけて、私は当たり散らしていたのでは。当たられた方こそ、とんだ迷惑である。

でも、はじめに電話のあったところでは、私の挙げた点は明らかにされていなかったから、あのままでは話を続けられなかった、強く聞いてよかったのだ。そう思うことにしよう。

このことも、後でになって、前のことでまだ懲りていないのか、またも収入になるからと断らなかったのかと、忸怩《じくじ》たる思いにとらわれるのだろうか。でも、仕事なのだから、経済的動機が自分の中にないふりをするのは、むしろ不自然で、嘘っぽい。経済的動機がはたらき受けるものもあると認めよう。そして受けたからには、礼を尽くし、最善を尽くそう。そこのところは守らないと、すなわちどんな動機が主で受けたかによって、仕事のしかたを変えることを自分に許すと、自分の品位を際限なく下げそうで恐い。

八月某日

水彩画の道具を買いにいく。魚の絵を描くことになって。水産会社の発行する冊子で、魚に関するエッセイを書く話があって、魚好きの私は、二つ返事でお受けしたら、制作担当者が「岸本さんて、イラストはお描きになりますか?」。よかったら、イラストも付けて、とのこと。

「人目にふれるに耐えるものになるかどうか」と尻込みしたが、話を聞くとどうも、上手い下手より、絵についてはプロでなくとも、魚にふだん接している人の方が、熱意のあるイラストになることが、いろいろな人にそのページを頼んだ経験から、感じているようす。

「ならば」と、挑戦することにした。

道具を買いに出かけるも、まず、どこに売っているかの見当がつかない。パルコの地下に、画材屋さんがあった気がして、行ってみたら、レコード屋（CDショップか、今は）に変わっていて、「となると、西友の学用品売り場か」と思いつつ、駅ビル内を歩いていて、文具店の前を通りかかり、覗いてみると、隅っこにあった。サクラ印の水彩絵の具。これでいいのかな。プラスチック製のパレットと、水入れ、絵筆を二本と、画用紙。夏休みの宿題のようになってきた。

今日は、画用紙に、鉛筆で下描きするところまで。

八月某日

目前に迫ったセミナーで話す草稿を、朝から作る。前に話したことのある草稿を、部分的に変えて話せばいいかと、楽観していたが、ゆうべ、寝る前にふとその草稿をとり出し、今回のセミナー趣旨を、依頼文書により確認したら、新たに全文書がないといけないとわかり、「しまった、呑気に構え過ぎていた、間に合うかしら」と、どきどきしてしまった。今日は、起きて、簡単に朝食をすませたら、早速パソコンでとりかかる。四十五分の話は、四百字詰め原稿用紙で三十枚以上あり、キーボードでひたすら打ち続けていたら、腕の筋が突っ張り、痛くなった。

夕方、終わって、ほっとひと息。文字を打つとは全然違う仕事、この前下書きした絵に色を塗ろう。

なかなか、魚らしくならず、ひたすら色を重ねていて、気づいたら、夜もどっぷり暮れていた。

「ひたすら」の多い一日だった。

絵のプロでない私が、絵を載せていただくのは、申し訳ないような。逆にいうと、一枚にこれだけ時間がかかってしまっては、非効率的過ぎて仕事としては、とてもつとまらない。今回は、ページの趣旨からして、許されるようなものの。

やはりプロとアマチュアは違う。プロは、プロたる理由あってのプロだと痛感。

八月某日

奈良へ二泊三日の取材。事前に恐れたのはやはり「暑さ」のこと。

編集担当の人と、メールで行程を相談していて、先方からの案にはなかった、平城宮跡を入れた。京都から近鉄線で行くと、近鉄奈良駅に着く前に見えるのが平城宮跡なので、エッセイの導入として、自然かなと。

メールに書きながら、「自分から提案しておいて、現地で深く後悔するかも」と思った。ガイドブックの写真で見る限り、一面にただただ広く、日陰というものがなさそうなので。奈良も盆地。最高気温は三十七度とか、ニュースで言っていたような。

でも今日は幸い下がって、ほっとしたけれど、代わって心配なのは雨。東京も雨マークで、それだと駅までの間、車付きのバッグを引きずっていくとずぶ濡れになる。資料の本が重いので、できるだけ車付きのを持っていきたい。ゴミ袋をかぶせて、強行突破するか。それとも直前に入れ替えるか。

例によって、案ずるより産むが易しで、駅まで歩く時間帯は、雨は降らず、曇りですんだ。

でも今回は、天気はテーマ。奈良も変わりやすく、頭から放水を浴びるような雨が、だーっと降って（エッセイストの割に劇画的な擬音語）、そのときは、小さな折りたたみ傘などまるで役に立たない。十メートル離れたスタッフとも、互いの姿が雨にかき消され見えないほどだが、降り終わって、再び見えると、ズボンの下半分と靴の色が変わっていた。明日、明後日も同じような天気らしいので、雨の合間の撮れるときに撮れるものを撮っておかないと。

写真はどうしても、車で早く移動し、ポイントごとに撮ることになるので、それと行動を共にしながらも、文章の方は、点と点を結ぶ線を、自分なりの関心や意識の流れでもって引けるよう、組み立てを考えることが必要になる。

八月某日

奈良の二日め。文章を組み立てる手がかりを、移動したり撮影したりしながら、ずーっと考えている。お寺に流れる千年単位の時間、町家に流れる百年単位の時間。自然と人工物。山と平地。鹿と人、人と人、共存。あるいは、私の関心で、奈良茶碗という器をテーマに。それとも、大和野菜？　行く先々の売店や備え付けパンフレットに、何かテーマ設定のきっかけになりそうなものがないかを物色する。

今日も変わりやすい天気。突然、前も見えなくなるほどの雨が降ったかと思うと、十分ほどで上がったり。これはもう熱帯性の降り方ですね。湿度も高く、黙って立っているだけで、汗が流れ、髪の毛のパーマが丸まってくる。

夜は少し涼しくなるのが、数日前までと違うところ。

今回の取材は、夕食の取材、撮影はないので、そのぶんは楽。食べ終えて、ホテルに戻ったら、シャワーを浴び、入手した資料を読みながら就寝というパターン。

なんといってもメールを読まないのは、解放感。家にいると、ついメールをチェックするし、問い合わせには何らかの判断をして、返さないといけない。「判断」というのも、労働なのだなと、つくづく思う。それはたぶん、旅行しながらも頭の中でずーっと文章の組み立てやテーマ設定を考えているのとは、別種の労働なのだろう。

八月某日

近鉄奈良駅十八時発の急行に乗る。無事終了して、家に向かうのは、ほっとした気持ち。人からはよく「せっかく遠くまで行ってるんだから、その後にどこか観光をくっつけたりしないの？　改めて自分で交通費出して行くの、たいへんじゃない」と言われるが、そういう気持ちはまったくわかない。一本でも早い列車に乗って帰ろう。それだけ。どんなに気に入った土地でも、「いつか、自分でお金を出して来よう」と。仕事の旅と、プライベートの旅は、それほどまでに違う。

「仕事は終わった、さあ、これから、この旅のことを書くという、別の仕事が始まる」という感じもある。京都からの新幹線の中で、事前に仕入れた資料や、現地で集めた資料を、改めて読み直そう。

九月

九月某日

奈良出張から土日を挟んだ週明け。奈良のエッセイは土日に書いてメールで送り、その返信が来ていた。

出張前に送信した新連載の原稿についても、受け取りました、ありがとうございます、これで進めますのメール。ほっとする。

どんな連載も、第一回を書くのは恐る恐る。趣旨をじゅうぶん話し合い、お互いに一致したところで始めるけれど、なんといっても言葉によるコミュニケーション。その言葉で思い描くところが、双方違っているかもしれないので。

まずは順調にスタートできた。

今回はウェブでの連載。最近、増えてきた感じがする。出版社からすると、書き下ろしでは、筆者はつい〆切りのある連載の方を先にしてしまうので、なかなかとりかからない、もしくは進まないし、かといって、その社で持っている雑誌は限られ、ページの確保が難しい。そこでウェブにて、それに代わる連載の場を設けよう、ということでしょう。

今回始めるウェブ連載は、月二回の更新。月に二回〆切りが増えるのは、仕事量としてどうなのか、プレッシャーで体を悪くしないか心配で、半年間慎重にようす

（自分のようす）を見たが、だいじょうぶだろうと判断し、踏み切った。ひとたび始まると「月一回に減らして下さい」「やはり無理でした、やめます」というわけにいかないだろうから、始める前に熟慮した。

今月は、二冊の本の校正刷りが出るのと、出張二回、その他セミナーがあるのとで、そのぶんの時間や作業量を見込んでの、スケジュール管理が必要。

明日は、一冊めの校正刷りが届く予定。その前の今日は何をしようかな。月の半ばが〆切りのあの原稿？　十一月に撮影する料理本のメニュー構成？

目前の〆切りに迫られるのではなく、何をしようかなと考えられるくらいのゆとりのある状態が、精神衛生にはとてもいい。

九月某日

本人にとっては不本意なことだろうけれど、電話で受ける感じのいい人と、そうでない人って、ありますね。

今日の電話は、男性からで、郵便物を私に送ったが、この前聞いた住所では届かず、送り返されてきたとの、問い合わせというか、住所の再確認というか。町名が違っており、それは私が言うはずはないのと、先方の口調になんとなくクレームに近い攻撃的なものを感じて、こちらもつい「その住所は、私は申し上げておりません」と切り口上に近い、防戦態勢となってしまう。大人どうしのやりとりだから、それで険悪になるわけではないが、いくばくか後味の悪さが残った。

どうして攻撃的と、私は感じたのかな。「お世話になっております」とか「お忙しいところ、すみません」とかのワンクッションを置かず、用件に入るから？　私から聞いた住所と、決めつけているところ？　それもあるかもしれないけれど、この前電話をもらったときも、どこか、ぶっきらぼうに感じたのを思い出す。敬語の少なさ？　声のトーン？

声の話にしてしまっては、先天的な要素が強いから、救いがなくなってしまうが、同じような低さ、太さの声の人でも、むしろ、落ち着いた印象につなげている人もいるし。

逆に、声そのものは耳に心地よく、敬語も滑らかに流れていく、非の打ちどころのない応対だけれど、心ここにあらずと感じさせる女性もいる。

どちらのケースも、つまるところ、忙しさ、余裕のなさから来る、一種ざわざわした感じが、こちらにも伝わってきて、受話器を置いた後もざわつきを残すのではないか。私も、出かける前とか、原稿が最後の方にさしかかっているときは、そういう声を出しているだろう。そのときは、鳴って即ではなく、ひと呼吸置いてから受話器をとるか、あるいは、申し訳ないけれど、とらずに留守電に吹き込んでもらうのも、一方法だと思う。出て、感じの悪い応対になるより、その方がいいのでは、と。

いろいろ考えさせられる電話だった。

九月某日

今月刊の単行本の見本が、宅配便で届く。感動。カバーは、パソコンに画像とデータを送信してもらって確認していたが、現物を目にすると、うれしさひとしお。この本で私が伝えたかったこと、伝えたかったけれど、それが読者に届くようじゅうぶんに言語化できたかどうか、自分ではわからないところも、作り手の人たちが、誤りなくとらえて、ビジュアルを通して実現してくれたのを感じる。早速、編集者の人に、その印象を、お礼と受け取りの報告かたがたメールに書いて、送信する。

返信されてきたところでは、編集者の人は、装丁家、カバーに使わせてもらった写真の写真家さんと三人で、私の原稿をもとに、何をいちばんビジュアルで表したらいいか、話し合って、この装丁に到達したとのこと。

そう、私の知らないところでも、何人もの人が、この本のために集まり、話し合い、考えるなどしてくれている。

本のカバーというと、一般には、「既にある絵や写真の中から、何かかわいく、きれいなものを選んで、くっつける」と思われているかもしれない。編集やデザインの人の仕事としては、その絵なり写真なりの作者に許可をとり、配置とか縮尺率とかを決めるくらいと。

でも、そうではない。原稿を読み込み、何が中心メッセージかをつかみ取り、それを表すために方向付けし、必要に応じて、描き直したり、撮り直してもらったりして、本ごとに個別に作り上げていくものなのだ。あるものを「つける」とか「合わせる」こととは、質を異にする。

作り手の人は、そういう過程をいちいち説明しながら、本を出すわけでは、むろんない。私も少し前までは、校正刷りが自分の手を離れた後のことは、よくわかっていなかった。でも、自分の直接見聞きしないところで、いかにいろんな職種の人が、この本のために時間を使い、労働力を傾けているかを、だんだんに知るに至った。経験が少いほど、自分ひとりの力でできたような錯覚に陥るのも、理解できる。

九月某日

来月末に出る旅じたくの本に使うため、旅に関する小物を自宅にて撮影。編集者、装丁家、カメラマンの三人が家に来る。

編集者の人からは「短い海外旅行に出かけるという想定で、準備をしておいて下さい」と、前もって連絡が。やはりそれも、私を除くスタッフが、事前に打ち合わせして、方針を立ててくれているのだ。本の趣旨を生かすには、そして、読者に満足してもらうには、どんな考えで、どんな物を、どんなふうに撮ったらいいか。昨日と同じく「自分のいないところで、本のために知恵と時間を使ってくれている人の存在」を感じる。

実は今日は、台風の接近が報じられていた日。窓からの自然な光で撮りたいので、決行か延期か、当日朝の気象情報で判断することになっていたが、幸い、半日ほどずれたようで、予定通り行う。女性スタッフ三人。編集者以外のかたは、お会いするのは、はじめてだ。

撮影の終了後、テーブルにつき、ひと休みしながらの歓談。こういうひとときが、仕事の楽しみ。逆にいうと、このひとときを気持ちよく過ごせるのも、プロとして、相手の仕事ぶりを尊重し、自分の持ち分を越えることを言わず、協力し合えた、その関係が成り立ってこそだと思う。そうでないときは、終了後、お茶を飲んでいても、どこかで互いにわだかまりが残るのでは？　終わった後、楽しく歓談できるかどうかは、きちんとした仕事ができたかの、指標かもしれない。

九月某日

仕事先の会社に行くと、プロの装丁家（本のデザインをする人）へのインタビュー集兼作品集になっている本があり、しばし見入る。そこから、プロとアマチュアの違いについて、ひとしきり話した。

プロとアマチュアが、はっきりと違うものであることは、どんな職種の人でも、感じていると思う。それを言葉で説明するのは、難しいのだけれど。

先月、奈良取材で訪ねた、石村由起子さんのことを思い出す。奈良市内でカフェと雑貨屋をまず開き、それが順調で、奈良から少し離れたところでも、小さなホテルとレストランと雑貨屋を営むようになった。著書もある。おじゃましたのはレストランで、ホテルも一部見せていただいたが、石村さんのご本にある通りの気持ちのいい家具や雑貨や布物があしらわれ、心安らぐ空間だった。

石村さんの実現していることは、たぶん少なからぬ女性の夢だと思う。「石村さんのようにお店を持ちたいっていう、相談に来る女性、多いんではないですか」。私たちのスタッフのひとりが問うと、石村さんは深くうなずく。

石村さんは、プロとアマチュアの差がどうこう、ということは、おっしゃらなかった。代わりにこんな話をしてくれた。

このお店で使っている器は、湯呑みにしても、石村さんが昔から、好きなものをみつけては、少しずつ集めてきたもの。「でも、お店をオープンしてから、三分の二は割れました」と聞いて、私たち一同、驚いた。

お店をするとはそういうこと。人を動かして何かをするとはそういうこと。もちろん、愛着のある器を割ってしまわれるのは、とてもつらい。でも一方で、お店にしてもレストランにしても、料理を運んでくれる人、シーツを洗濯してくれる人がいなければ、一日だって回っていかないのを知っている。自分ひとりの力で、できるものではないと。

私は、石村さんも「プロ」だなあと感じた。愛着のある器を割られるつらさに耐えられないなら、店などしない方がいいに決まっている。趣味の延長では、けっしてできないことなのだ。

石村さんのお店に来たり、本を買ったりした女性で、そこに置かれている道具、写真に載っている雑貨類を見て、「あら、すてき。でも、私の家の方がもっといいモノがあるわ。これくらいでお店が持てるなら、私にだってできるかも」と思う人はいるかもしれない。もちろんその人に対して「できません」という根拠は何もない。はじめは誰でもアマチュアだったから。

なので、そういう人には「どうぞ、なさって下さい」と言う他はない。そして実際にしていく中で、いろいろなことに突き当たり、そこを乗り越えた人が、いつの間にか、プロになっているのだ。「乗り越えた」というと聞こえがよすぎる。自分の世間知らずを情けないくらい思い知らされたとか、勘違いを嫌というほど正されたとか。

そういう経験を、ある程度した人どうしだと、職種は異なっても、仕事のしかたに共通了解ができているし、「それは、してはいけないよね」ということも、わかり合える。

それでもまだときどきその基準を踏み外して、恥をかいたり、顰蹙《ひんしゅく》を買って平謝りすることも。

九月某日

昨日の新聞で、「写経のできるカフェ」が期間限定でオープンしていることを知る。写経はちょっと体験してみたく思っていたところで、エッセイの連載を始めるところの編集者と、ついこの前も、そんな話をしたばかり。

早速、メールで知らせると、取材になるかどうかわからないけれど、とにかく行ってみましょう、という返信。彼女も私も今日ならば時間がとれるとわかり、共に参加することにした。予約はできないそうなので、受け付けの始まる三十分前に現地集合。

ところが、到着したときには、すでに長い列ができていた。希望者が詰めかけ、一時間前には、定員に達してしまったとか。編集者の人は、私よりもさらに早めに来てみてくれたそうだが、そのときもすでに、〆切り後。すごい。

受けられないのは残念で、時間も無駄になってしまったといえなくはないが、私としては、写経の人気ぶりを知っただけでも、来たかいがあったし、エッセイの題材にとり上げられればとの思いもあったから、自分たちの始めようとしている連載の方向性は、そう間違っていないのではと、安堵した部分もある。編集者の人も、同じ感想だったようす。

せっかく会ったので、打ち合わせを兼ねて小一時間話して、別れる。次の用事まで、少し間があくので、書店でリサーチ活動。そのうち始める書き下ろしと、その打ち合わせに向けての準備として。

類似テーマとみなされるだろう別の本は、そのテーマをどんな角度からとらえているか。自分が書くとしたら、どんな差異化ができるのか。可能性を探るべく、買って読むことにする。

また、テーマは別だが、見せ方の工夫、項目の立て方などが、参考になりそうな本も、併せて購入。

重くなったバッグをさげて、さあ、次へ。再来月本を出してくれる会社へ、タイトルの字を書きに。事前に相談して、タイトルは私の手書きの文字でもいいかもしれないという話になり、まずはとにかく書いてみて、使うか使わないか、本のデザイナーさんに検討してもらおうと。その検討材料であり、もしかしたら原画になるかもしれないものを書きにいく。

編集の人が、いろいろなペンやクレヨン、紙を用意しておいてくれて、応接室の机でひたすら書く。凸凹のある紙、ざらついた紙、サインペン、筆ペン、クレヨンの細いの、太いの、先を斜めに削って、はたまた短く折って、縦横を逆にして、左手で持って……。

あんまり同じ字ばかり書いていると、「あれ、この字って、これでいいんだっけ？」と疑問になり、字がどんどん解体されていくような錯覚にとらわれる。希望の希は、メの下に布なのに、メメと書きそうになったり。

昔、テレビ番組の制作に携る人が、番組の冒頭に効果音のように響く「トランタン」というたったひとことを、録音するため、六十五回言わされたと語っていた。トランタンなんて一瞬で、どこがどう違うのか、言っている本人には全然わからなかったが、とにかく「はい、もういっぺん」の指示に従い、言い続けていたら、ある回で「はい、オーケー」が出て、狐につままれた感じだったという。そのことを思い出す。

クレヨンを短く折って、ふつうだったら握る部分を、紙にすりつけて書くというのは、デザイナーさんの発案で、編集者の人と私とでは、何十枚書いても、考えつかなかったこと。こういうのが、やはりプロと、尊敬してしまう。

書いて完成ではない。これからその字をデザイナーさんがコンピューターにとり込んで、字間や配置を考える。その意味で、字そのものを書いたのは私であっても、タイトル全体はデザイナーさんの「作品」になるのだ。

九月某日

ライターの女性が、電話をかけてきたついでに嘆いていた。雑誌で、写真も載せるページに、文章を書く仕事だったが、執筆はレイアウトが出てから、それを受けてすることになっていた。写真をページのどこに、どれくらいの大きさではめ込むか。それ以外の部分に、一行が何字で何行の文章が入るかを、レイアウトの人が決める。それが出ないと、とりかかれない。

レイアウトの人が「この日の午前中に送ります」といった日に、ライターの女性は、書くための資料を取り揃え、今か今かと待っていた。ところが午後になっても夕方になっても来ないし、連絡もとれない。

夜になってようやっとメールが入り

「すみません、ばたばたしていて、まだ手をつけられなくて一日遅れます」……。

「向こうは、一日くらいずれてもいいじゃないというつもりかもしれないけれど、こちらはそのために、他の仕事を入れないで、まるまる一日空けていたのよ」とライターの女性。しかも、翌日から出張に行くことになっていて、なんとしても、その日じゅうに書いて、編集者の人に送ってから、出かけるつもりでいた。しかたなく、編集者の人にわけを話して、後に続く作業スケジュールを調整してもらったという。

彼女の最大の憤懣《ふんまん》は、その日も夜になって、送れないと連絡してきたこと。そのときもまだ手をつけていなかったくらいだから、午前中になどとうてい送れるわけないことは、前の晩にすでにわかっていたはず。

遅れることそのものは、仕方ないときもあるでしょう。誰にだって事情がある。でも、それならそうと、わかったところで知らせてくれれば、彼女としても、別の仕事と順序を入れ替えるなど、対応のしようがあった。彼女によれば、レイアウトの女性は、図々しいというより、むしろ気の弱いタイプ。「できていない、どうしよう、午前中は無理でも、頑張れば午後できるかも……」と思っているうち、どんどん時間が経って夜になってしまって、ついにあきらめ、メールをしてきた、というのが、めいっぱい好意的な解釈。自分の焦りで頭がいっぱいで、後に続く工程のことは考えられていない。自分の作業部分を、全体の流れの中に位置づけることをしていない……。

実は、その人は前にも似たような問題をひき起こしているそう。やはりレイアウトが、いついつ送りますという日時に間に合わず、ずるずると遅れ、そのときは編集の担当者に送ることになっていたが、担当者も、出張を控えていた。

「明後日から出張で、見られなくなるので、必ず明日の午前中には送って下さい」と申し入れると、返ってきたメールが「明後日からいらっしゃらないなら、明日送れなかった場合、編集長にお送りして、代わりに見ていただくことでいいですか？」。そこで担当者は切れた。「担当というものを、何だと思っているんですか！」。

そのレイアウトの人、早晩、クビになる予感がします。

九月某日

午前中からとりかかった、エッセイの下書きを、どうにかこうにか終えて、遅い昼食をとった後、下書きした紙を傍らに、パソコンに向かって打ち始めたが、どうも体力に粘りがない。すぐに疲れて、椅子からずり落ちたくなる、根性なしの状態。仕事を止めるのは潔しとせず、メールチェックなどして、まだ働いている体裁を、自分に対して保とうとしていたが、それもごまかしの気がして、パソコンからついに離れて、夕飯の買い物→作る→食べる、へ進む。

食事の後は、ひきずり込まれるような眠さが襲ってきた。蒸し暑くて汗が出るのに、冷房をつけると寒い。もしかして、風邪？　昼間も、だるさと仕事のはかどらなさに、

「この時期になって、残暑のぶり返しはつらいな」と温度や湿度に原因を求めていたが、あのときすでに風邪をひき始めていたのかも。

早く寝ないと。明日は変則的な日で、十一時半から都心でセミナー、十六時十五分から出版社を訪問し、本の刊行のお礼と次の本の打ち合わせ、十八時から、審査委員をつとめている新聞記事の賞の授賞式と、続くレセプションがある。

セミナーとレセプションは、家で原稿を書くのとは別種の、人前に出る仕事だし、立ち仕事だから、ふだんとは違う神経や体力を使いそう。そのためにも、セミナーが終わったら、いったん家に戻り、家で作ったお昼を食べてから、出直すつもり。滞在時間一時間半ほど、粗食を作って食べるだけのために、計二時間かけて往復するのは、無駄といえば無駄で、体力も消耗しそうだけれど、その間、都心のホテルのティールームやロビーを転々とするのも、なんだか安まらない気がする。体に合わぬ空調、人の出入り、常に耳に入ってくる話し声や音楽、喉が渇いて飲むわけではないお茶、などなどが。時間が無駄になってもいいから、帰ろう。それが、夜のレセプションまで体力をもたせるための必要条件。

九月某日

セミナー、審査委員としての講評、レセプションと、外にいる間は終始ジャケットを着て、姿勢を正し、発言のひとことひとことに注意を払っていた日。帰宅するや、家でふだんはいていているスカートを通り越して、いっきに寝巻同然のカットソーに。解放感！

前に、会社の役員をしている女性が「私、中間の服装というのがないの。背広か、パジャマしかない、オジサンと同じ」と言っていたが、その気持ち、わかる。何はともあれ、外での緊張を、思いきり緩めて、すべてはそれから。

パジャマ同然のかっこうで、台所で夕飯のしたく。オーブントースターに、塩サバを仕掛けてから、焼けるまでの間に、メールチェック。雑誌の校正刷りのファクスも来ていて、食べてからでは億劫になりそうだから、勢いで今、戻してしまう。塩サバ以外は、野菜のおかずを簡単に作って、遅い夕食。

セミナーなどの会場であるホテルに長時間いて、足が冷えた。でも、なんとか風邪は悪化させずに持ちこたえたようで、ほっとする。

今月は後二回セミナーがあり、草稿のことが早くも気になり始める。けれども、明日は、昨日書きかけの原稿を終わらせることに専念しよう。

ものごとに順序をつけていかないと、そしてひとつのことをしている間は、他のことは頭からなくすようにしないと。自己管理が上手な人は、同時進行的に心配することをしないで、前後をつけて、ひとつずつ片づけていく人なのでしょう、きっと。

九月某日

仕事の基本は、相互理解あってこそ。

一時間余にわたる電話の後、受話器を置いて、そう思った。私の本の企画を立てたいという、フリーの人。

私に興味をもって下さるのは、ありがたい。本を出してくれようという人がいなくなったらおしまいである私としては、それは偽りない本心。

でも、一時間を超える電話の間、私が声を出したのは、合計で五分もなかったな。後は先方が、自分の作りたい本について、熱く語ることに終始して、口をはさむ隙がなかった。

くり返しになるが、熱意をもって本を出そうとしてくれることは、ありがたい。でも、先方の作りたいと思う本を、私が書けるかどうか、書きたいかどうかを知ろうとしなくて、どう進めることができるのだろう。

この人とは、たぶん仕事をすることにはならなさそう、というのが、受話器を置いたときの直感。

折りしも、別の編集者の人から、ファクスが来た。やはり前にいく度か、企画を立ててましょうと、電話をくれた人。今日のファクスの趣旨も同じだが、「近頃は、がんのことばかりをお書きになっていて、岸本さん本来の、何気ない日常エッセイの部分を、お忘れなのがさびしいです。ぜひ、岸本さんらしい、そうした本を」といった文面に、呆然とする。

今年に入ってから、今月までに、文庫も合わせれば八冊の本を出している。八冊のうち、タイトルにがんのつくものは、一冊きり。タイトルにつかなくても、エッセイの中でふれたものはあるけれど、それを除いても五冊には、がんのことは一文字も出てきていない。何をもって「お忘れ」と？

読者の人に、仮に「がんばっかり」の印象をもたれても、それは致し方のないことだと思う。その人にとっての、がんのことで目にふれる機会が多かった、あるいは、回数は少くても記憶に残ったのが、その話題でだったのなら、それが、その人の受けた印象なのであり、間違いとも、誤解だともいうことは、できない。

でも、これから仕事をしようというなら、ファクスを書く前にまず「この人、最近、どんな仕事をしているのかな」と、調べたくならないだろうか。インターネットでも、パソコンを使わない人なら本屋もしくは百歩譲って図書館でもいい、一冊でも私の近著を手にとって、プロフィール欄の本のタイトルを、見ようとは思わないだろうか。相手に対する礼儀以前に、それが自然な関心の持ち方ではないのか。相手を知ろうとする熱意はないけれど、いっしょに仕事をすることには熱意がある……それって、あり得るだろうか。

連鎖的に思い出してしまった。連鎖的に思い出せるくらいだから、そういう人は、少くないのだ。

「私はね、岸本さんがまだ書いていなくて、書けるはずのことって、歴史だと思うの」。その人は言った。

「私は、岸本さんのように本を読むのが好きな人なら、歴史的な視点を、書くものにとり入れることは可能だと思うの」。

その後に、歴史というものに対する彼女の考え方の語りが、えんえんと続き、私は彼女の言うところの「歴史」が何ものか、それと関連づけられるものが自分の中にあるかどうかを考えてから、何らかの意見を言おうと、彼女の話の終わるのを待っていた。

そこへ、彼女の上司にあたる人が現れ、彼女は言った。「ちょうどよかった。今ね、岸本さんとお話ししていたのは、今度の本は、歴史というものを視点に置いて、それによってこれまでの岸本さんの本にはないものができるんじゃないかってことになったんです」。

えっ、と私はのけぞった。いつ「なった」の？　お話ししていたのは私「と」ではなく、あなた「が」ではないの？

その人とも、何度かお話ししたけれど、結果的には本を作るには至らなかった。コミュニケーションのとり方が、合わなかったということか。

でも「合わなかった」ですませていては、いけないのかもしれない。くり返し、しつこいが、本を出してくれる人がいなくなったら、私の仕事は終わりである。合わなかったら、しない、のではなく、合わなくてもする、もしくは合わせる、もしくは激しく言葉を闘わせてすり合わせる、ことも必要なのだろうか。

長く続けていくためには。

それでも、人の話を聞くことって、やはりいっしょに何かを作っていく上で、最低限必要なのではと思うのだ。

十月

十月某日

一昨日、昨日は帰宅すると力尽きていて、書けずじまい。月をまたいで、振り返って日記をつけている。

両日とも外で仕事だったが、出だしの騒ぎで、必要以上に体力を消耗した。その騒ぎとは……。

その日は、屋外のイベントで、公開対談をすることになっていた。対談は十六時半から、イベントそのものは十時からという長丁場。オープニングセレモニーにも参加できるよう、招集は十時にかかっている。家を出るのは、八時半。

その前に、今日の寒さはどうか、屋外で夕方までいるのにこの服装でだいじょうぶか確めに、外へ出た。そして、いざ鞄を取りに家の中へ戻ろうとすると、ドアが開かない。鍵をさし込んでも、回らない。入れない！

その時間、二つのことを考えた。

ひとつは、もう、このまま会場へ行ってしまう。ドア問題の解決は、後回しにして。交番で行きの電車賃を借り、会場へ。着いた先で、帰りの電車賃プラスいくらかを用立ててもらい、交番へお金を返し、鍵の業者を呼び、開けてもらう。

もうひとつは、今すぐ鍵の業者を呼び、ドア問題を解決してから、行く。

後者の場合は、十時招集には遅刻してしまう。でも、十六時半からの持ち分には、ほぼ確実に間に合う。

前者の場合は、オープニングセレモニーにも間に合う。が、ドア問題には不安を残したままとなる。仕事を終え、帰ってきてから業者を頼むとすると、二十時近く。夜だから「もう行けません、明日にして下さい」と言われることもあり得る。

明日は、昼の十二時半には家を出て、二時から講演をすることになっている。講演の草稿は、そっくりそのまま、家の中にある。

落ち着いて、落ち着いてと、自分の胸に言い聞かせる。今、すべての要請はかなえられないこの状況で、何を優先させるべきか。何は、もっとも避けなければならないか。

いちばんおそろしいのは、明日の午前中までに中に入れず、講演草稿を出せないこと。あれなしでは、どうにもならない。

対して、十時のオープニングセレモニーは、「そのときにいる方が望ましい」というくらいの位置付けで、いなくても、全体に支障はない。

おのずと決まる。まず、ドアを開けるのを優先させよう。

いずれにせよ、電話をかけるお金も携帯もないので、交番に行き、鍵の業者に電すみません。お巡りさん、ほんとうにご面倒をおかけして、話してもらった。すぐ来てくれる業者がみつかると、「これで十六時半からの公開対談には必ず間に合う」との安堵から、家へ戻りながらも、

「まあ、これも、連載エッセイの題材になる。そろそろ次回のを書く頃だから、ちょうどよかったと言えばよかった」

との、悪魔のささやきが耳もとでしたが、ほくそ笑むのは、まだ早い。

仕事先の人に、十時には行けないことを連絡せねば。その連絡先も、家の中。早く入れるようにならないと。

刻々と時は過ぎる、十時は回る、電話はできない、今頃、会場ではどうなっているか、「公開対談のあることを、オープニングイベントで、ひとこと挨拶してほしいのに、あれ、岸本はどこにいる？　十時に来るって言ってたのに」と騒ぎになってやしないか、冷や汗ものだった。

屋外イベントは、寒かった。

お台場にある船の科学館が会場だったが、冷えびえとした海風と、どんよりとした曇り空は、

「こういうシチュエーション、少し前にも、あったような」

と思えば、春に散歩番組の撮影で行った、潮干狩だった。

お弁当を持参していったのも、潮干狩のときと同じ。鍵で閉め出されてしまう(自分で自分を閉め出した?)前に、作ってあったのだ。

そして昨日は、無事手にすることのできた草稿を持って、講演へ。今日は託児所付きなので、ときどき夫婦で来て下さる読者の人が、お子さんを連れていた。めったにない機会なので、記念写真。

考えてみれば、長いお付き合いになる。折々セミナーでお見受けする人が、何人かいて、たぶん十年近くになるのでは。いっしょに年をとっていくような、連帯感と親近感をおぼえる。

終了後、主催者が、参加者のアンケートをまとめて持ってきてくれた。満足度の評価や、自由記入の意見など。

受け止めて、今後に生かさなければと思いつつも、アンケートをとるのは、いつも怖い。せっかく来ていただいたのに、満足してもらえなかったら、と思うと。

予期したことだが中にひとつ、がんの話が多かったとの指摘があって、やはりへこんだ。引いていた事例が、がんの本に書いてあることだった、岸本葉子は「がんばかり」の人ではないはず、といった声。

たしかに、講演のテーマは、働き方や生き方で「人生には、自分で意志したのではなくとも、働き方を変えざるを得ない出来事が起こる。ありのままの自分を認めることから、始めよう」というメッセージだが、それを語る事例としては、がんのことを引いていた。

くり返しになるが、出版の方は、それを題材とするものは、むしろ少い。でも、セミナーでは、多い。

アンケートに記入した人は、わざわざ講演に来て、書いてくれるくらいだから、私を応援してくれているのだろうが、だからこそと言うべきか、私が「がんだけ」の人になるのには、違うという思いがあるのだろう。「だけ」の人にはなっていないと、抗弁したい気持ちもあるけれど、前にも書いたように、その人がそういう印象を得ているのなら、そういう印象を与えている事実を、認める他ない。「だけ」になっているという、その人の受けた印象に基づき、それではいけない、もっといろいろなものを持っているはずと、叱咤激励してくれていると、解釈すべきだろう。

でも、その声に私が応えなかったら、セミナーでがんのことも話し続けていたら、どうなるのか。

少しずつ、読者が離れていくのだろうか。

アンケートの一行が、思いの他、胸にひっかかり、帰りの電車の中でも、字の書体までありありと思い浮かべられるほど、心を占めてしまっていた。

こんなに気に病んではいけない。まさに講演で話したばかりではないか。私は、人の期待に応えねばと思うところがあった。人からの批判や非難を受けたくないという弱さがあった。でも、それでは続かないと。

むろん、読者の支持あってはじめて、成り立つ仕事である。でも、読者は、ひとりひとり別々の感じ方、考え方を持っている。

すべての人の意に沿うことは、できないのだ。

これまでも、講演はそのときどきの体験や状況に応じて、転職だったり、もの書きになるまでのいきさつだったり、マンションを買うことだったりをテーマとしてきた。

特定の分野の専門知識があるわけではない私が、人前で話をするとしたら、自分が実感をもって語れることを語る、それしかない。人に気に入られるか入られないか以前に、その基本を忘れないようにしよう。

同時に、心しておきたいこと。私の読者で、がんの話にも共感する人と、がんの話には共感できないけれど、私の読者である人と。どちらも、私にとっては、読者であり、同じようにたいせつにせねば。

どうしたら、それができていることになるんだろう。

十月某日

本を作ろうと誘ってくれている人から、言われた。「殻を破ったらどうか」。岸本さんも、長く書いてきているから、こんなふうにすれば、そつなくできる、というところが、身についてしまっているのでは、と。胸に刺さる指摘である。

こんな苦言も呈された。自分はほんとは頭がいいし、難しい本もたくさん読んでいるけれど、読者にわかるよう、易しく書いてあげているのよといった、読者を下に見るところが、岸本さんの中に実はあって、それがうすうす、読者に気づかれているのでは、と。

前者については、反論した。殻を破るとは、どういうことか。「これが私の殻だわ」と自分で思うものがあり、それを引き剥《は》がすようなことを、ものを書く人は、しているのか。殻とは、そんなふうに、自分でとらえられるものなのか。

ここから先は、後になって連想した例で、そのときは言わなかったし、仮に言っても「私はそんな次元の話をしているのではない」と怒らせてしまっただろうけれど、韓国ドラマで、『チャングムの誓い』って、ありましたね。主人公のチャングムが、母との約束を果たすため、宮中で料理担当の女官になり、困難にもめげず、正義を貫いて、ついに王様の主治医にまでなる話。主人公を演じたのが、イ・ヨンエだった。

イ・ヨンエは、いつまでもチャングムで評価されるのが嫌で、脱チャングムを図ろうと、その後、あえて百八十度違う役柄に挑戦していた。テレビのインタビュー番組でも、そのことを強調していて、映画のワンシーンも紹介され、ベッドに下着姿？　で腰掛け、煙草を吸って、後ろには男性が寝ているといったものだったけれど、成功しているとは言い難かった。

清く正しいチャングムを演じた、あのイ・ヨンエが汚れ役を演じている！　という意外性はあるけれど、逆にいうと、それだけというか、それ以外に、イ・ヨンエがその役を演じる必然性がないし、事実、合わない。他に、この役をもっとよく演じられる人が、いくらでもいるのに、なぜ？　と思ってしまう。従来のイメージをくつがえしたい、という当人の欲だけが先走っていて、殻を破ることそのものが目的化しているのだ。

料理も医術も、よく学び、正義感の強いチャングムは、優等生過ぎるとの批判もあり、事実、隙だらけのチェ・ジウほど、イ・ヨンエは好かれなかった。つまらない役どころかもしれない。

でも、そういう役を、てらいなく演じることができてしまうのが、イ・ヨンエの個性であり、他の人にはないものなのだから、その方向で進んでいけばいいと、私は思う。なぜ、わざわざ、そもそもの個性にないものを、しなくてはならないか。

それも、清純派から汚れ役へ、というのは、ありきたりの流れ。殼を破るところに、少しの新鮮味もない。

（これも、あまりに身近な例で、呆れられるだろうけれど）むしろ、沢口靖子のように、十年一日のごとく清純派であり続けている人の方に、稀少性を感じてしまう。

この話題に、妙に過剰反応してしまうのには、前段がある。私は、精神衛生によくないので、ネットで自分のことを書いてあるものは、見ないようにしている。セミナーの後のアンケートに書かれた一行すら、あれほど気に病む私なので、身がもたないだろうと。

でも、この前、自分の参加するイベントの正しい時間がわからず、世の中に出ている情報の方から確めようと、ネットで「岸本葉子」を検索した。そのときの一段に、「岸本葉子の人畜無害エッセイは永遠か？」といった（正確な記憶ではない）

件名を目にして、あわてて閉じた。そんなことがあったので。

殻を破る。そういう挑戦を一作ごとにしている人もいようし、成功している例もあろう。

でも、私に関しては、自分で意識できる殻は、世間によくありがちな、「殻とされるもの」でしかなく、たいしたものではない気がする。もっと、無意識的なものなのでは？　殻を破ろうと企図しなくても、そのときどきのテーマを無心に書いていって、ふと振り返ると「はじめに予想したのより、ずいぶん違ったものが出てきているなあ」と感じることは、よくある。爆発的に殻を破裂させることにはならないけれど、少しずつ、もとのものからはみ出したり、ずれたりしていき、姿を変えている。そういう「破り方」もあるのでは。

「毒にも薬にもならない」と評されるエッセイを同じジャンルで書き続けているのは、十年一日どころか二十年一日のごとく、変わらない。でも読み返すと、五年前のでも、「あの頃は、こういう感じ方をしていたのか」と思うし、十年前ともなると、別人のようで、よそで会った人に、その本に書いてある話題を出され、「岸本さんて、こうこうなんですよね？」と、今現在のことであるかのように言われると、内心、苦痛をおぼえるほどだ。それくらい、変わってきているということだろう。

編集者の人に言われたことのうち、後者の「難しい本もたくさん読んでいるけれど、読者にわかるように」の方には、何からどう反論していいかわからなかった。「難しい本」のことならば『わたしを超えて　いのちの往復書簡』にも、いろいろな本を読んで感じたこと、考えたことを書いたが、それはそのときの私の身の丈いっぱいで本からどうにか受け止めきれたことを、自分でも確めながら綴っていくのに懸命で、「読者を下に見る」ゆとりなど、とてもなかった。

でも、その編集者が、「読者を下に見ているところ」を私に感じるならば、その人がそう感じるということを、私には否定も肯定もできない。

「ずいぶん失礼なことばかり言って、ごめんなさい」と、帰るとき、詫びていたが、ことは失礼かどうかではなく、もっと深くで、考えさせられた。

今日は、内面に突きつけられることが続けてあって、一日の日記が、とても長くなっている。あまり、自分と向き合い続けても、身動きがとれなくなるから、少し控えよう。

折りしも、明日から遅い夏休み。八月に予定し、流れてしまった、佐賀の旅行を四泊五日でするつもり。その間パソコンからは離れるけれど、本はやっぱり読んでしまいそうだ。

十月某日

五日間、仕事をしなかった。今年はじめてかもしれない、こんなに長く離れていたのは。

ノートパソコンを使っていない私は、パソコンをさわらぬ日々。文章を書くはおろか、メールの返信もしなかった。

留守番電話のチェックだけはしたけれど、自分の番号を言って返信を求めるような、急を要する問い合わせはなかったので、仕事関係の電話もなしの日々。

いやー、たまにはいいものですね。

くり返しになるが、ほんとうに、今年はじめて。正月も、親の家まで何かしら仕事の材料を持っていっていたし、ゴールデンウィークも、特に出かけなかったし。

意外な発見は、私は仕事依存症ではなかったこと。五日も休んだら、かえって落ち着かない、禁断症状が出てくる、すなわち仕事をしたくてたまらなくなるのではと思ったが、そうでもなかった。

ほっとする思い。そのことを知ったのは、今回の休みで、いちばんの得《う》るところであった。

その他に、離れてみてわかったのは、ふだん、執筆の他、問い合わせへの返信に、いかに頭と神経と時間を使っているか。八月にも書いたが「判断」ということも、すごく大きな労働なのだ。ノートパソコンも、携帯メールも使っていないことが、この場合、幸いした。「判断」という労働からも、私を解放してくれた。

これからも、意識的に、こういう日々を設けよう。

十月某日

仕事再開。手帳を見るや、先々までの予定や義務、責任が、一本の棒になって、ずーんと頭に突き刺さってくるようだ。

そう、仕事の日々は、この先々までずーんと突き刺さったまま、なおかつ、今日この日のすべきことに自分を向けていく状態が、常なのだ。ストレスとかプレッシャーとかがあるとしたら、この状態そのもののことをいうのだろうなと、今さらながら思う。ふだんは意識していないけれど。

それでも、原稿を書くのは、楽しい。エッセイを久々に一篇まとめてみて、感じた。途中うまく運ばず艱難《かんなん》辛苦したが、その呻吟しているときをも含めて、「取り組んでいた」という充実感がある。仕事の醍醐味は「苦楽《くるたの》しい」ことと、誰かが言っていたのを思い出す。

十月某日

明日の料理本の打ち合わせに備え、今日は資料作成の日。

打ち合わせの日取りを決めたときは、「じゃあ次は、新居を兼ねた事務所におじゃまして」「お宅をぜひ拝見しなきゃ」などと、遊びにでも行くような、楽しい雰囲気で約束したが、むろんお仕事。その日が近づくにつれ、

「ただ、行けばいいってものではない。話し合うモトになるものを、持っていかないと」

とプレッシャーがかかってきて、前日の今日を作成にあてるべく、スケジュール上も確保しておいた。

二種類のリストが要るな。一つは、本にしたときの章ごとに、料理を並べ、上から順に通し番号を振る。食材は何を使うかわかるよう、料理名の後ろに記入。

もう一つは、今の通し番号を付けた料理を、五日間ある撮影日ごとにまとめ、その中でさらに、作る順に並べ直す。これがかなり複雑で、火の通るのに時間のかかるのはどれかとか、使う鍋のやりくり、炊飯器は一台しかないからそれを使うものは間をあけるなど、あれこれの条件を考え、入れ替えていたら、頭がぼーっとしてきた。こういうとき、誤って消してしまい、「本には、その料理のページがとって

あるのに、撮影リストにはない」なんていう事故が起こるのでしょう。怖。全部があるか、通し番号を振って確認。

ページの続き具合、鍋の使い回し、料理の所要時間は、考えに入れたが、食材が共通する料理を同じ日に固めることまではできなかった。これ以上、考慮する条件が増えると、収拾がつかなくなりそうで。

まる一日、これのためにあけておいてよかった。

十月某日

一昨日作ったリストに、昨日の打ち合わせで生じた、修正や追加事項を入れたものを、パソコンで打ち直して、整える。右上に、今日の日付と「改版」と書いておいた。

昨日いっしょにいた編集の人なら、現場で「あー、たしか、ここにこれを入れようってことになったんだわね」「そうそう」で通じるけれど、料理の本は、編集の他、撮影、器のスタイリング（作られるはずの料理に合わせて、器を選び、必要があれば借りてくる、などをする）、ページのデザインなど、たくさんの人がかかわる。土台になるリストに、あいまいな部分を残しておくと、各の仕事のパーツを後で組み合わせる段になって、合わないところが出てきかねないので、ここは遺漏《いろう》のないように。

十月某日

文芸雑誌に載せる、藤沢周平作品についてのエッセイを書く。いつものように、紙（貧乏性な私は、書類の裏）に下書きし、

「うむ、ほぼこれで、規定の五枚くらい。五枚を超えて、六枚近くなるかも」

との手応えを得て、安心してパソコンで打ち始めたら、四枚と少しで終わってしまった。

意外。目算を誤ったか。短かからずこの仕事をしてきて、枚数の見当はだいたい外れないようになっていたけれど。

長いものを縮めるのは、比較的容易だが、短いものを伸ばすのは、難しい。構成そのものを解体し、別の構成を立てる必要があるので。

「そこからやり直しか」

と、へこんだ。

とにかく、いったん止めて、夕飯の買い物に行こう。パソコンの前を離れよう。

夕飯の後、画面で作っていたものを、紙の上に出してみて、別な目で枚数を加えることにしよう。

紙という物を媒介させるのも、夕飯という時間を挿し挟むのも、そういうふうにして、書いているものと距離をとり、客観性を保とうとする手段なのだなと、感じる。

このように、すぐに自己分析してしまうから、恋愛には向かないのか（突然、関係ない嘆息）。

夕飯の後、それより先に、今晩じゅうにしないといけないことを思い出した。明日、ＮＨＫ「視点・論点」の収録がある。そのために、髪を洗わないと。髪の匂いは映らないけれど、相当ハネているので、クセはとっておく方がいい。

服も用意しないと。番組の性格上ジャケットが望ましいが秋冬の服はまだ出していないので、春の服がしまわないでぶら下がっていたのを、シミがないか点検。ベージュだから、まあ、この季節にも共通の色だろう。ハンガーに吊してあったが、腕のところに折りじわが寄っていて、アイロンをかけないといけないことが判明し、がっくり……していても解決しない。かけるほかない。

顔の体操。今日一日、下を向いて原稿を書いていたので、表情筋も固まっているはず。動かし、活性化しておきたかったが、これは時間がなさそうなので、取り止め。

何より、原稿を読んでおかないと。スムーズに口から出てくるように。思ったよりすることが多く、藤沢周平には戻れなさそう。

十月某日

昼の十二時より「視点・論点」の収録。前に「放送日が決まったらお知らせ下さい」とメールしていて、収録に際しても、同じことをお願いすると、「放送日は今日です。お知らせしていなかったですか。すみません」。

今日⁉　後で、新聞のテレビ欄を確めたら、なるほどちゃんと「岸本葉子」と書いてあった。自分の名前に気づかないとは。

よく考えたら、今日は十二時に着くため十一時に出たが、

「例によって話す仕事だと、エネルギーを大量消費するから、しっかりとご飯を食べておこう」

と、朝からアジの開きを焼くなど、台所仕事をしており、新聞にじっくりと目を通してはいなかった。

それにしても、今日の今日とは、すごい。録る前から、新聞に名前があるのだから。私が制作者なら絶対、前もって録りだめておかないと、身がもたない。

「出演者が、渋谷の駅から、ＮＨＫに来るまでの間、センター街で若者にからまれて……」なんて想像までしそう。

収録終了後、番組の作り手から聞いた話は有益だった。番組名からして私は、何

らかを論ずるもの、時事問題につながるもの、社会に向けて何かを主張し呼びかけるものでないといけないと思っていた。が、もっと広くとらえていいそうだ。「エッセイの本を作るときも、何らかのメッセージがあるでしょう。それと同じで、テレビエッセイと、とらえて下さっていいですよ」とのこと。

そうなんだ。これまでは、先方から「何か話したいことはありませんか」「何日はどうですか」と尋ねられて、という方向性だったが、今後は「こんな内容で、成立するでしょうか?」と、自分からも提案しよう。

帰りに、渋谷の東急百貨店で、服を見る。いつまでも、春物の転用というわけにもいかないなと。

放送は、夜十時五十分から。わが家のビデオは、リモコンが故障し、予約録画ができないので、目覚まし時計を十時四十八分にセットし、テレビの前に待機して、番組開始とともに、本体の「録画」ボタンを押す。二回めなので、自分の顔に対する幻想はもうなかったが、桜井よしこさんより年とって見えることは確かだ。

今月はじめてつけたかもしれないファンデーションを落とし、洗顔、寝るしたく。

さあ、明日は藤沢周平に再挑戦！

十月某日

近県の図書館で文芸セミナーに出る日。新幹線の駅の改札口で、図書館の人と待ち合わせる。悪天候のため、新幹線がやや遅れていたようなので、焦っていた私は、急ぎ足で新幹線の改札を出る。

そこで失敗。新幹線の改札とは別に、駅全体の改札口があり、そこでは乗車券を機械に通さないと出られない。新幹線改札では、特急券だけが吸い込まれ、乗車券は再び出てくるしくみ。なのに私は、先を急ぐことだけ考えて、出てきたことに気づかなかったのか。新幹線改札の先に、他の改札は見えなかったので、それが駅全体の改札も兼ねていると思い込んでいた。

矢印に沿って、通路を曲がり、もうひとつ改札のあるのを目にして、「しまった」と。でも、乗車券はない。改札の向こうには図書館の封筒を手にした人が待っている。

これは、謝って通してもらうしかないと、駅員のいる改札に行き、

「すみません、間違えて、新幹線の改札で、乗車券を取らずに来てしまったんですが……」

と言いかけると、

「じゃあ、取って来て下さい！」

と叱られた。

「取らないで来たんでしょ、だったら戻って取って来て下さいよ、取らないで来たんだったら、あるはずでしょ」

あまりの剣幕に気を呑まれていると、

「もういいから、今日のところは通っていいけど、今度からは取ってこないと通れませんよ、そんなこと言われたって、こっちはわかんないんだから」

と手で追い払うしぐさをされる。

一瞬、反発心がわき起こった。

何も、そんな言い方をしなくても。こちらは詫びているのに。切符を取らずに来た人全員に、そんなふうに言っているのだろうか。頭を下げていて、逆ギレされるおそれのない人間を選んで、鬱憤《うっぷん》をはらしているのでは。

などなどと思ったが、そんなことを考えても時間と感情の無駄使いなので、とにかく、

「申し訳ありません、以後気をつけます」

と形式的に言って、通ってきた。

図書館の人のところまでは、やりとりは聞こえなかったようす。

不快な、ざわざわしたものが残らないよう、気持ちを切り替えることにする。

というよりも、こういうことで、不快をおぼえるのが、私の弱点なのだ。ふだん、割と人に礼儀正しく接しようとしている私は、人からも同じように遇《ぐう》されることが多く、頭ごなしに叱りつけられる、咎《とが》めだてされるということに慣れていない。それゆえ、変に自尊心が強くなっているのかもしれない。事の理非以前に、人から何か指摘されることそのものに、無条件で反発を感じてしまうような。

でも、今さっきのことは、完全に向こうに理があり、私に非がある。乗車券を取らずに来た方が悪いのだ。そのことは、素直に認めなければ。そんな言い方はないだろうとなどと、抗弁する余地はないのだ。

仕事に行く前の、ささいな出来事だが、自分の弱点について考えさせられた。

十一月

十一月某日

今月から来月にかけては、人前で話す仕事が多い。セミナー、シンポジウム、公開対談など。特に地方が多く、都内のを合わせると、六週末連続して、何かしらがある。

それらのどれは、プロフィールをこちらで作り、どれは先方か。写真は要るか、要らないか。発言草稿の準備がどれは済んでいて、どれはまだか、そもそもどれは、草稿が要るんだったか。草稿を作成するための時間は、スケジュール上ちゃんと確保してあるか。それがないと、準備が間に合わない。

どれは、切符は先方が購入し送ってくることになっていて、どれは自分で買うことになっていたか。秋の行楽シーズン、週末は指定席が満席で、向こうがとってくれると勘違いしていて、直前に気づき、とれなかったら困る、などと例によって心配癖に悩まされる。間違いを防ぐためにも、落ち着くためにも、何かに書き出さないと。頭の中だけに入れておくのは、限界。

以前は、そういった事務連絡は、すべて一枚の紙にまとめて郵送されてきたから、それで把握できたが、今はメールで、何カ月もの間に何回、人によっては十何回にもわたりそのつど気のついたことを連絡してくるので、切符ひとつも、いつのメールでどのように取り決めたのだったか、わからなくなりがち。メールという通信手段よし悪しである、何か散慢になる。

今月で、その他に大きいのは、料理本の撮影の五日間だな。そのためには、前もって食材を注文しておかねばならず、そのためにはさらに前もって、必要な食材をリストアップしておかねばならず、さらに、注文した食材を配達で受け取れるよう、前日は外での仕事を入れないなど、注意を払ってスケジューリングをせねば（これはすでにして一部破綻《はたん》）など、またまた心配のかたまりに。

大物になると、こういうことは秘書さんにすべて一任できるのかな。でも、私の収入では、とても秘書さんにはお給料など払えないので、あり得ないことは、考えないようにしよう。

十一月某日

ＮＨＫハイビジョン、仏像の番組の収録の日。

一夜三時間、二夜にわたる番組で、私の出るのは二夜め。

一夜めの収録が長びいているようで、夕方四時にＮＨＫに行くことになっていたが「四時半でお願いします」と留守電に。

助かった！　午前中、漢方医院に行っていたが、そこの待ち時間も長びいて、いったん帰宅し服を取って出直すと、四時着が際どくなっていたのだ。家に戻って、十五分の余裕（こういうのを余裕と言っていいか？）ができた。

控え室は、四畳半くらいの畳の間。洗面台とテレビがついて、壁紙も張り替えたのか新しく、まるできれいな民宿のよう。

「わ、いい部屋ですね」

案内してくれたスタッフに、思わず言い、スタッフには
「この人、ふだんどんな部屋に住んでいるのかしら？」

と思われたのでは。

メイクをして台本を読み、お弁当を食べてもまだ間があり、このことあるを見越して持ってきた紙に、原稿書き。

ゆうべ眠さと闘いながら、服にアイロンをかけたのだが、こっちに持ってきてからかけることもできたな。

ゆうべは、まずインナーの白い長袖にアイロンがけをした後になってから、ジャケットが長袖ではなく、八分袖（これが微妙。七分袖だったら、間違えなかった？）だったと気づき、溜め息をつきつつ、七分袖のインナーを、夏服としてしまった中

からとり出し、アイロンがけをし直したのだ。

テレビに映るにあたっては、前日の夜、顔ヨガ体操でもして、頬のたるみ、垂れ下がりを、少しは改善しておこうかと思ったが、服の準備に追われて、顔のことまで気にする時間はなくなっていた。

収録は、六時半か七時くらいからになりそうとのこと。夜中までかかるかな。そう考え、家の電気は点けてきた。

十二時過ぎるのは覚悟していたが、案外早く終わって、家に着いたのが十一時半過ぎ。メール、ファクスの処理をして、その上、よせばいいのに、野菜不足を補うべく、ブロッコリーをゆでて食べたりしたら、あっという間に三時近く。野菜なんて、一日不足したって死ぬわけではないのだから、睡眠を優先した方がいいのだろうが、このまま寝ると、明日の便通に障りがありそうで、ついつい。

こういうのは、健康管理として、どうなんだろう。

十一月某日

古びたモノの本の校正刷りが届く。本一冊の校正にとりかかる前には、いつも長い、足踏みの時間を要する。見る基準がぶれないよう、ひとたび向き合ったら、集中を持続させることになるため、それを思うと、逃げたいような、妙な気分。小心なる私は、逃げたいといっても、後先顧ず放り出して遊びにいくようなことはできず、家の中で、うろうろうろうろ。態勢を整えるべくお茶をいれ、急ぎの返信を求めるメールが来ていないかチェックし、集中して気づかぬうち泥棒に入られないよう、窓の鍵が閉まっているか点検し、そうするうちにお茶が冷めたから、電子レンジで温め……「もう、考えつくことは、し尽くしました。態勢も整うだけ整いました。これ以上、何も逃げ場はありません」というところまで追い詰められてから、ようやく始める。檻《おり》のクマが、観念したように。

始めてからは、どんどん勢いづいて、結果的に一日で済んだ。

あれほど往生際悪く、逃げ回っていたのが、拍子抜けする思い。

文章というのは、じゅうぶんに意を尽くしたつもりでも、後になって読み返すのは、それほど苦痛だということでしょう。

十一月某日

夕飯の買い物に、いつものデパートの地下一階、魚売り場に行き、陳列ケースの中を覗き込んでいて、ふと目を上げると、ケースの上に、見慣れた絵が。

あれっと思う一瞬の後、

「そうか、そうだった」

私が二カ月ほど前に描いた、カサゴの絵。水産会社の小冊子に、エッセイを書き、それにつけたのだった。

そのページを開いて、置いてある。何ページもある冊子で、なぜそこを？　と思ったが、そうそう、まさに、ここの店、「吉祥寺」という地名が出てくるのだった（と、段階的に記憶がよみがえってくるのが、頭の反応の鈍くなった証拠？）。

立ててあるポップにも、私の絵が載っている。他の写真に混じって、小さくだけれど。

いやー、めずらしい体験だ。書店や、電車の中吊り広告でなしに、魚屋さんで、自分の書いたものに出会うとは。

いつもの販売員さんのそばに行き、

「あの、これを書いたの、私なんですぅ」

と言ってみたら、おまけしてくれるかしら。いや、そんな、職権？濫《らん》用のようなおねだりは、私の中のお堅《かた》い部分が許さない。でも、おまけはなくていいから、言ってみたい気も……うれし恥ずかし的興奮した心持ちで、どきどきしながら、魚売り場を立ち去った。

デパートを出て、家へ歩き出しても、意外なほど、うれしい気分が続いている。

「びっくりしたなあ」

とつぶやきながら、にやけそう。

文章でなく絵だから、そんな余裕があるのでしょうね。

それも、いつもの魚屋でというシチュエーションが、楽しく感じることを、可能にしているのでしょうね。

十一月某日

先月末にできた新刊本が、近くの書店に並んでいるのを確認。

編集者の女性と、電話で完成を喜び合い、

「気が早いけれど、次は何を」

と言われて、ほっとする。

このタイミングで、よくぞ言って下さるものだ。前に出していただいた本は、増刷がかかっておらず、この本だって、これから売るのだから、今はまだどうかわからぬ段階。にもかかわらず、次のを考えていることを、ほのめかしてくれるのは、

けれど。

「継続してお付き合いしていきたいですよ」との、意思表示のようで。

次の企画を通しやすくするためにも、そこそこの部数が動いてくれるといいのだ

十一月某日

考えている企画があり、本屋をリサーチ。類書に、どんなものがあるか。どんな本を例示すれば、企画を扱っていく先の人に、イメージしてもらえるか。今ある本の、テーマは、項目の立て方は。それらとどう差別化すれば、出す意味を感じてもらえるか。

参考、対比する資料として、だいぶ買い込んだので、配送にしてもらう。

書きたいものはいろいろ思い浮かぶけれど、書く場があるか（特に、単行本が増刷していない状況のもと、これが第一問題。第二に）書く時間、体力の裏付けがされているか。心もとない。

十一月某日

昨日考えた企画について、出版社の人にメールする。「この前少しお話ししたこ

とですが、こんなものができたらと考えています」と、三行くらいの短い説明をしたところ、

「ちょうどあさって、月に一度の企画会議があるので、おおまかな目次案を出して下さい」

との返信。

企画とは散歩エッセイで、趣旨は書けるものの、かんじんの行く場所の選定が、あさってまでに情報収集して決めるのは、間に合いそうにない。

「趣旨に合った行き先として、現時点で思いつく、仮の地名を入れておき、執筆時は変わってもいいか」

と尋ねると、いいとのこと。さあ、急に、目次案作りが始まった。

仮タイトルと趣旨も入れ、企画書の書き方なんて、実はいちども正式に習ったことのない私は、「これでいいのか？」と首を傾げつつ、パソコンで打つ。「〜な場所を、女性の生活感覚に基づく暮らしや旅エッセイが多い岸本葉子が訪ねます」と書くときは、さすがに、打ちながら気恥ずかしい。担当の人から上の人へ何が何でも企画を通してもらうためには「〜のエッセイで人気の岸本〜」とか「〜のエッセイが支持されている岸本〜」とかと書いて、売り込むべきかもしれないが、「人気」

かどうか、「支持されている」かどうかは、前の本の販売部数を調べれば、すぐわかる（嘘がばれる）ことなので、虚偽表示は控え、「が多い」にしておくことにする。

仮の地名とは言いながら、企画の趣旨が伝わりそうなところでないと困るからと、参考資料をいくつもめくり、かなり真剣になってしまった。

十一月某日

企画会議のあったはずの日。日中、外出していたので、帰宅後、いの一番にメールをチェック。

「決まりました」あるいは「決まりませんでした」の知らせが入っているかと思ったら、その人からのメールはなし。

「あれ、会議は、今日ではなかったっけ？」

前のメールを、読み返したら、その日に企画会議にかけた後、来月中旬に社長決裁へ進んで、そこではじめて決まるのでした。気が急くあまり、早合点、早合点。

十一月某日

残念！　喉から手の出るほど受けたい仕事だった。

飛行機で、世界一周して紀行文を書く。ただ、世界一周を、中断せずすることに意味のある企画だから、分けて取材することはできない。三週間のスケジュールをまとめてとることが必要。しかも、この二カ月以内の、どこかで。

二十年近くものを書いてきて、こんな夢みたいな仕事があろうか、この機を逃がしたら、あり得ないと思うけれど、スケジュール帳のどのページをめくっても、二カ月以内に、三週間あけるのは不可能。

「うーん、聞くだけでわくわくするようなお話ですが、残念です」

お断りしつつ、

「そんなことはない方がいいんですけれど、万が一、方法を変えることがあったら、またお声をかけてみていただけると、ありがたいです」

と望みをつないだ。

そんな急に、三週間あけられる人は、自由業のもの書きといえども、そうそういないと思うので、もしかしたら、切れ切れの取材でもいいことに、なりはしないかと。編集部には申し訳ないけれど。それに、いささか未練がましいというものですね。

企画の成立条件からして、それはなさそうと、気持ちを変える。逃がすには惜しい仕事だけれど、現実に受けられない以上、いつまでも追わず。忘れるべし。

十一月某日

仕事の問い合わせのメールや電話は、夕方に多い。五時前、かなり集中して、メールへの返信、電話への応対をしていたさなか、一本、まったく違ったトーンの電話が。

「岸本様、お久しぶりですが、いかがお過ごしですか。急に寒くなりましたねえ。お元気でいらっしゃいますか」

ジュエリー店からの電話である。しばらく聞いていたが、用件が始まりそうになく、ご機嫌伺いの形をとった営業の電話とわかったので

「すみません、在宅で仕事をしていますので、ご案内などは電話でなく、郵便でお願いしたいんです」

と言いながら、同じ台詞を、過去にも二回言ったことを思い出した。

「在宅で仕事」では、イメージができず、忘れてしまうのかと、

「家が事務所も兼ねておりまして、この電話も、事務所と兼用なんです」

もっと具体的に表現する。それにしても……。

店の人は、前にそこで買い物をした人のリストを見て、最後の来店は何月だからそろそろ「ジュエリーを見にきませんか」のお誘い電話をかけようと思うのだろう

が、それほどまめな顧客管理をするならば、

「在宅ワーク。電話不可。ダイレクトメール希望」

といった、前に電話したとき得た情報も、書き込んでおいてほしいものだ。

店で接客してもらったときの、その人の印象はよかったし、今も悪気はないのだろうが、こういうやりとりが重なると、なんとなく、店に足を運ぶ気がしなくなるのは、事実である。

こんなことも、何十年後かに、おばあさんになって振り返ったら、

「あの頃の自分は余裕がなかったな」

「仕事以外の電話は、まるで自分の時間を奪うもののように思っていて、受け入れるゆとりもなかったな」

と振り返ることになるのだろうか。

十一月某日

NHKハイビジョンで放送した、仏像の番組が、NHK衛星のほか総合でも再放送が決まったとの連絡を受ける。よかった！　ほんの一部だけれどかかわった者として、素直にうれしい。

ああ、でも広く見てもらえるのはうれしいが、同時に見られたくもないような。

ハイビジョンでの放送を、私は少し見たけれど、自分のようすにショックを受けた。人の話を聞いているとき、真剣過ぎて、眉間に皺《しわ》を寄せているのを通り越し、しかめ面になっていたのだ。

「なんで、仏さまの話をしているのにこの人ひとりだけこんなに恐い顔をしているの？」

という感じ。話をする人の方へ、体ごと向き直って、身を乗り出してうなずき、耳を傾けるのみならず、首全体を傾けるものだから、傾けた側へ頬が下がり、への字に結んだ口元に、たるみと皺《しわ》がありありと。

「あなた、眉間を広げなさい、唇のへの字をやめなさい」

と画面に手を伸ばし「修正」をしたくなったほど。

久々に私を見た人は、

「岸本葉子も老けたな」

と思っただろう。あるいは、女性雑誌などで私を見ているときは、

「写真だと、いちばんマシなところを静止状態で撮るのだろうけれど、こうして動く映像で見ると、年齢って隠せないものね」

とか。

教訓。テレビに映るときは、人の話は、あまり身を入れて聞かない方がいいです。ポーカーフェイスくらいので、ちょうどいい。

あ、それから、椅子に深く腰かけるのも厳禁。尻を後ろに残したまま上体だけ乗り出すものだから、背を膝におおいかぶせるように丸めていた。

あの見目麗しくない姿が、総合チャンネルでもって、多くの人の目にふれると思うと、苦痛。

でも、そんな「私情」にとらわれていてはいけない。再放送を、あくまでもよろこばなくては（←無理にもうなずく）。

十一月某日

料理撮影のための準備に一日。準備といっても、頭の中のそれ。前の打ち合わせで定めた、撮影日ごとの料理リストを睨んで、段取を考える。

今回は根菜料理の本なので、ひとつひとつに時間がかかる。洗ってむく。煮えるまでの時間、炊き込みご飯なら炊けるまでの時間。撮影する人の、待ち時間をなるべく出さず、スムーズに進むためには、どの順で何を作るか。前日にしておける下ごしらえは？　そのためには、何日にどの食材が必要か。

食味は、近くの紀ノ国屋スーパーに注文し、一日ごとに配送を頼むつもり。そのリスト作りも兼ねている。紙の上で段取りを立てるのと併行して、別の紙に、その日に要る食材も、書き出していく。店頭に欠品しているといけないので、仕入れておいて下さるよう、前もって頼んでおかないと。その分の日数も、撮影日から逆算。

さらに、配送が休みの曜日のあることも思い出し、さらにさらに時間帯も限られていたことも思い出し、

「撮影の前日は、わ、ちょうど休みの日ではないの。その前日は……わ、その時間帯、たまたま外で仕事ではないの」

手帖を見て、唸ってしまった。

考えていてもしかたない。お店に行って相談しよう。

結果、日時の問題は、なんとか解決。

あとは、リストを手に、店の人といっしょに陳列台を回って、

「れんこんは、どのくらいの大きさのですか」

「３００グラム前後のを」

「もし、その大きさのものの入荷がなかった場合、例えば２００と１００の二つ

でもいいですか」

など、ひとつひとつ現物を確認して回った。

後は、なんとかなると思おう。

私は完全主義の癖があるので、当日、料理の途中になって、

「わあっ、ごぼうが足りない。どうしよう」

となるのを恐れる。

でも、足りないなら足りないなりに、料理は成り立つのだ。それに、落ち着いて考えてみれば、紀ノ国屋までは徒歩三分なのだ。いざとなったら買いに走ればいい。

そのくらいに構えなければ、やっていけないと、自分に言い聞かせる。

紀ノ国屋になかった食材が、何点か。それらについては、今日この後、自然食品屋に探しにいこう。

十一月某日

料理撮影の初日。前の晩から、緊張でよく寝つけず。朝も、

「今のうちに進めておける下ごしらえが、他にないかしら。まだあるのでは」

と落ち着かず。

今回の本では、プロセスの一部も写真にするので、すべてを前もって作っておくわけにはいかない。撮るところは残しつつ、それ以外のできることを、しておく。プロセスを撮りたいところは、前もって編集者の人からメールで指示を受けている。ほんと緊密。

いよいよ開始。

始めてみれば、スムーズだった。撮影のセッティングの合間を見ながら、進められるところは自分のペースで進める。前もって詳しく決めた料理の順序も、紙に書き出し、冷蔵庫に張っておいた（そのための磁石まで、前もって準備した！）けれど、それにしばられることはなかった。あんまり自分の立てた計画でがんじがらめにならずとも、臨機応変ということを、もっと信じていいみたい。

心がけたこと。食材や調味料の実際に使った分量は、冷蔵庫に張ったその紙に、つど、こまめに書き込んでいく。後で、レシピの原稿を書くためのデータとして。

前に料理本を作ったときは、レシピを全部、後から思い出して書こうとしたものだから、とてもたいへんだった。その経験から。二冊めの知恵だ。

ふだん料理しているときは、分量なんて、ほとんど無意識。でもレシピとして載せるからには、醤油ひとつも計量スプーンに移してから入れて、即記録。シャーペンを常に傍らに置いて、料理する。

十一月某日

料理撮影の二日め。

作り合間に、ポラロイドを見せてもらうが、器とその下に敷く布などの、スタイリングの美しさに感動。

私が驚嘆するのは、スタイリストの人は、作られた料理を事前に一度も見ていないのに、どれも非常に合っていること。

私から送っている情報は、例えば、

「長芋と小松菜のあんかけご飯」

「大根、ごぼう、しいたけの醤油味汁」

といった、ごく簡単なものだけなのに、

「小松菜の緑に、青磁が合うかなと」

「色みが茶色っぽい、地味な感じだから、紫の布だと、ひきたつかなと」

文字情報から、それだけ想像し、しかも、それを具現化する物を、期日までに間違いなく揃える。プロの仕事とは、こういうものか。

楽しみは、撮影がひと区切りついてから撮影の終わった料理を、遅いお昼として、皆で食べるとき。

ポラロイドを改めて見て、写真のよさに感動のあまり、

「もしかしたら、この本、売れるかも！」

と叫んだら、

「売れると思うから、作っているのよ」

と編集の人に笑われてしまった。

そうでした。増刷のないのが常となっている私は（↑あまり大きな声で言うと仕事をさせてもらえなくなるが↑でも、言っている）つい「もしかしたら」なんてつけてしまったが、はじめから弱気ではいけない。

この本で、私が唯一胸を張れるのは、料理本を出すために考案したレシピではないこと。ふだんから作り、実践しているものであること。

撮影は後《あと》三日。自分の作っている根菜料理の特色を、さらにどんどん出していこう。

十一月某日

料理撮影の三日めを終えたところで、非常に眠だるく、風邪の兆しが。ほんものの風邪にしてはならじ。撮影中もたないし、食べた人にうつしてしまう。とにもかくにもいったん寝て、めざめてみれば、さっきよりましになっている。体もふつうに動く。ひく前の段階で、なんとかとどめることができたか。風邪予防第一、それには休養、体力の温存第一。四日めの料理の下ごしらえだけして、メールチェックも早々に就寝。

十一月某日

料理撮影の四日めは、炒め物の日。何品も何品も、撮っては炒め撮っては炒め。フライパンもコンロも、熱の下がる間がない。コンロの前に仁王立ちになり、えんえんフライパンをあおりながら、

「中華料理屋の店主って、こんな感じかな」

などと思った。料理点数は、この日がいちばん多かった。

ふだんパソコンに向かっての座り仕事が多いが、撮影ではずっと立っていたので、

「今日が終わったら、足もみでも行くかな。この日で、料理撮影もほぼ、ヤマ場

を超えたし」

と考えていたけれど、甘かった。皆さんの帰った後、再び風邪ふうの症状が。足もみなど行っている場合ではない。早く寝よう。明日、明後日はセミナー、一日おいて次の日は料理撮影の最終日。そこまでは必ず乗り切らねば。ここからがむしろ正念場と心得るべき。一にも二にも疲労回復、体力温存、自然治癒力による風邪の抑え込みあるのみ。

十一月某日

料理撮影が無事終了。風邪もなんとか、重症化させずにすんだよう。

余計なことに回す力はないので、とにかく買い出しに行き、下ごしらえをし、作っては撮り作っては撮り、そのときそのときすることに集中し、ひたすら体を動かし続ける日々だった。

終わってみれば、疲労感、脱力感とともに、何か、つきものが落ちたような感じがある。

「私は何を、あんなに気に病んでいたのだろう」

がんの人をはじめ、何々の人、何々の人と、ある一面をとらえて言われることに

「そればっかりの印象を与えてしまっているのか」と悩み、読者、編集者、セミナーの参加者直接の評や指摘のみならず、間接的に寄せられる声、コメントなどを苦にし、動揺してきた。日記をつけていた、この一年ずっと。

その迷いが、料理撮影が終わったら、消えていたような。

耳を傾ける姿勢は、だいじにせねば。

けれども、何をしても、何かは必ず言われるのだ。

これまでだって、そうだった。

旅のことを書けば、「旅を売り物にしていて、旅をしなくなったら書けない人」と言われ、日常のエッセイを出せば「旅している岸本さんが好き。旅をしない岸本さんは、岸本さんではない」「よくある女性エッセイストになってほしくない」「安易な身辺雑記は読みたくない」と言われ、がん体験を書けば、「がんの人になってほしくない。ふつうの日常を書く岸本さんが好きだった」。それらの声は、私に常に葛藤をもたらしてきた。

料理の本も、出せば、同様のことがあるのだろう。「エッセイストの岸本さんが好き。料理研究家になってほしくない」。

いずれの声も、その人にとっては真実なのだから、否定することはできないし少くとも、どれかの私を好きでいてくれる（た）のだから、ありがたく受け止めるべきだろう。

でも、それと、その声に自分を合わせるかどうかは別問題だ。すべての人の意に沿うことはできないし、意に沿うことをめざすのが、誠実さでもないはず。

自分の今したいこと、しようと思うことを、ひとつひとつするしかない。この単純な事実にたどり着くまで、なんと時間がかかったのだろう。たとえ、ある人々には違和感、失望をおぼえ、裏切られたと感じることになるかもしれなくても。

先々に返ってくるであろう反応にまで気を回す余力がなく、目の前の料理だけに専心した日々が可能にしたのか。

その単純さを、むしろだいじにしたい。ある課題が示されたとき「そのことをすると、自分に何がもたらされるか」より前に「そのことに対して、自分は何ができるか」をまず考える。これを仕事の指針にしよう。

十二月

十二月某日

料理撮影終了後、風邪で休養。喉の痛みに始まって、咳が出るようになり、咳の音が変質してきて、熱や節々のだるさも伴い、漢方医に行くと、気管支炎とのことだった。

この間、十月に出た本を作ってくれた人と、めずらしく外食の予定があったけれど、詫びを入れて延期。年末近い多忙の中、時間をあけて下さっていたのに、申し訳ないこと。また、お店も、動物性食品を使わないイタリアンで、とても楽しみにしていたので、残念。

でも、潔く休んだおかげで、回復した。

風邪とインフルエンザは流行っているようす。インフルエンザの予防注射は、漢方医のところで受けたし、長時間の乗り物移動ではマスクをしよう。

今月は、今週末と来週末に地方での仕事があり、それをもって、年内の出張は終了。九月から出張が続いたが、気持ちの上でも一段落だ。

二つの出張の間に、取材の詰まった日が一日、散歩番組の撮影が一日。その週が、今月のヤマ場かな。間をぬって執筆をしていく感じになる。

一月刊の単行本と文庫も、二月刊の単行本も、すでに校正終了。これでもう、出るのを待っている校正刷りはない。

いや、でも、三月刊の文庫の校正刷りが、年明け早々に出る。書き下ろしだから、校正作業もボリュームがありそう。連載のまとめや、単行本になったものの文庫化と違って、一度も校正さんの目を通っていないし、自分でもはじめて見直すので、直すべきところが多いのでは。

同じく三月刊の料理の本は、こちらはまだ一文字も原稿を書いていない。料理撮影が終わっただけで、執筆はこれから。

あんまり、肩の荷を下ろした気分になり過ぎていては、いけないか。編集者の人から、どのページに何文字くらいのエッセイが入るかをリストにしたものが、今日送られてきた。

でも、二十日過ぎに、いちどは休みを取るつもり。温泉に行くのもいいかも。

十二月某日

明け方、仕事の夢。週末に迫った公開対談について。

お相手の宗教学者のかたの著作や経歴、僧籍を得ているかどうかや、事前に送られてきている会場からの質問に対する答えが、頭に入っているか否かを確め、「あ、これも調べなきゃ」「これも、準備しておかねば」「そのためにはあの本を読まないと。本棚にあったかどうか」と探し始める、ひどく具体的で詳細な夢で、目覚めてから驚いた。

「公開対談のことが、こんなに気になっていたのか」

自分の小心さに。夢の中でまでそんなことをしていては、休まらない。

そんな夢を見ないためには、現実において、気になることを解消しておくべきと、起きて今日の仕事は、予定を変更し、参加者から申込時のアンケートとして事前に送られてきている質問を改めて読み、答えを準備し、対談の進行案にも再度目を通して、どんな話をするかを書きとめる。後は当日までに、三冊ほどの本を読もう。

来年の、短いエッセイの連載の依頼がある。心は動くが、どんな短いものでも、それが「ある」というだけでプレッシャーのかかりやすい自分の性格を顧《かえり》みて、断念。そうでなくても、来年は、自分からお願いして企画を通してもらった、散歩エッセイの連載が始まるし、一文字も書き始めていない、書き下ろしもある。そちらへ振り向ける時間と体力を残しておかないと。

十二月某日

昨日、今日は家で執筆。出かける用事がなく、自宅でパソコンに向かえる日は、やはり落ち着く。

各、一篇ずつ原稿を書く。

今日は、ほぼ予定どおりの夕方終了。昨日は、意気揚々ととりかかった割には、思いの他はかどらず、何度かの中断を経て、書き終わったのは、夜遅くだった。

他に、用事があったのではないから、そのせいにはできない。ひとえに自分の能力不足と、ふがいない。

そんなことを思い知らされたり、難儀したりしながらでも、一篇一篇仕上がるのは、とても充実感がある。

明日は、公開対談。東京発九時四十六分の新幹線に乗る。車中のお昼には、お弁当を作って持っていこう。

それと、マスクは忘れずに。インフルエンザが流行っているから、車中ではしていくつもり。

十二月某日

新幹線には、余裕を持って、間に合った。

対談に備えて、車中、進行案や資料の本を読んでいると、？？？、なんだか変。

風邪をひいた？　吐き気の伴う風邪が流行っていたっけ？　マスクはしているのだけれど。

風邪ならば、なんとか、重症化を防がねば。とにもかくにも体力温存のため寝よう。体勢を整えるため、座席の背から一瞬体を浮かせても、気分の悪さが襲ってくる。

忘れていた。風邪とは、喉の痛みや鼻水ばかりでなく、こういう身の置きどころのない、だるさと悪心の伴うものも、あるのだった。

不安。こんなふうで、二時間、椅子の上で体を立てて、話し続けることができるのか。目を閉じて、座席の背にもたれ、寝ようとつとめる。

うつらうつらした。名古屋を過ぎた。そろそろ、お昼を食べないと。

張りきって作ったお弁当なのに、ひと口含むと、押し戻すような感じが、胸の奥からわく。でも、なんとか行けそうだったので、無理にも食べた。

そして、思いあたった。風邪ではない。乗り物酔いだ。その遠因は、便通の滞りでは。通っている漢方医では、そのときどきの体調に合わせて処方を変えるが、薬が変わってしばらくは、便通に影響が出る。先生も、そのことには注意していて、新しい薬を出した後の、次の外来では必ず「便通はどうですか」と確認する。今日も、変わってから、間がない。

意外な難儀が待ち受けていたものだ。張った状態のお腹を、さらに圧迫する姿勢で、二時間話し続けるわけで、苦しいことは苦しいが、風邪ではなかったことに、ほっとする思いもある。風邪で、これからどんどん悪くなる途中だったら、目もあてられなかった。

新幹線の駅まで、主催者側から人が迎えにきてくれていて、挨拶や世間話をしながら車に乗っていて、また酔うのではとの不安があったが、幸い、事なきを得る。

便の話をしたついでに、もうひとつの方についても書けば、公開対談やセミナーの前後には、ふだんより頻繁にトイレに行っているなと、自分でも思う。それだけ、交感神経が高まって、尿も生産されるのだろう。尿だけでなく汗もそうで、話し終わったとたん、脇の下に、ふだんならあり得ない大量の汗をかいていることに気づくのが常。今日も、やはりそうだった。

それだけに、終わると、心底ほっとする。何カ月も、どうかすると一年近く前から、スケジュール帳に印のついていた催し。この間、心のどこかでいつも意識し、その日に向かって準備し、体調を整え、当日はけっして遅刻しないようにと思っていた催しが、無事終わった。明日からはもう、スケジュール帳のこの印を気にすることはないのだという安堵感。

対談の後は、近くのホテルに移動し、対談相手の先生や主催者の方々と、早めの夕飯。同様の安堵感からか、終始和やかな雰囲気で、話もはずんだ。

会食後は皆さん帰られ、私はホテル泊まり。ロビーで、ひとりコーヒーを飲みながら、今日一日のことを思い出す。

対談の会場を出たところで、数人の女性が立っていた。参加者の帰った後も、私たちはなおしばらく建物の中で事務的なことなどしていたが、その間もずっと、外で待っていてくれたらしい。握手した指先が、冷たかった。車の内と外に分かれてからも、ずっと手を振り合っていた。そのようすとか。

それから、対談の中で、聞かれたこと。最近受け取った言葉で、心に残っているのはどんなものかと。その答えを、ホテルのロビーでひとりになった今、もういっぺん、胸の中でくり返してみる。

「力いっぱい、生きていけばいいのです」

病気や、戦地での負傷で、いくたびも死線を越えたという、八十代の男性が書き送ってきた言葉だ。

私には、それに匹敵するような体験はないけれど、自分の今に置き換えても、

「ほんとうにそうだ」

と、心からうなずける。

「何の人」と評されようと、分類をされようと、力いっぱい仕事をすればいいではないかと。

ふだんより余裕のある夜、そんなことを考えた。まだ、時間も早い。メールへの返信も、ファクスでの校正も、家事も、今夜はない。久しぶりにゆっくりと風呂に入り、十二時前に寝ることにしよう。

十二月某日

午前中は、自宅で撮影を伴う取材。料理を何点か作ることになっている。下ごしらえできるところはして、いくつかのプロセスは、当日朝にするのだが、めざめる前、夢の中で、そのプロセスをしていた。

われながら情けなくなる。どうしてこう、プレッシャーがかかりやすいのだろう。

「していない」ことがあるのが、どこかでずっと気になっている、し終わるまで、それが続く。

し終えたことに、早くしてしまいたくて、拙速をきたすこともある。原稿は、さすがにそれはないが、メールの打ち間違いを、後で知ると、そういう自分の弱点を感じる。未然形であることに耐えられず、已然形にしたい焦りが、夢にまで現れている。

午後は座談会と、インタビュー取材。帰宅して、疲労をおぼえる。これも、私の弱点だ。人と話す仕事と、自分ひとりで原稿を書く仕事とは、疲労の質が異なり、私は前者の方が、よりこたえる。話す相手、内容いかんにかかわらず、そうなのだ。気心の知れた人と、楽しみな仕事の打ち合わせをした後でも、消耗している自分にとまどい、否定しようとするけれど、弱点はありのままに認め、疲労の回復につとめて、持ち越さないことの方が、仕事をする人間として、正しいのではと思えてきた。

今日は書くことはしないで、早めに体を休めよう。

十二月某日

散歩番組の撮影日。取材や座談会の詰まっていた日と、中一日あいて、助かった。天候にも恵まれた。散歩らしく、ある程度軽装にと、コートではなく半コートにしたので、下半身は寒かろうと、毛のタイツをはき、その上に着けられる、防寒インナーや毛の膝上ソックスまで準備した。が、日ざしのあったためもあり、タイツだけですんだ。

九時過ぎから五時過ぎまで、今日もあっという間だった。

今年の散歩は、これが最後になる。

自宅での撮影や取材以外の、他所へまる一日以上出かける仕事は、この後、あとひとつ出張があって、今年はおしまい。今年、と区切ることに、特段の意味はないけれど、ひとつひとつすむごとに、やはり肩の荷は軽くなるよう。

十二月某日

仕事ではなく、ボランティアでしている活動の方で、私の行き届かなかった点があり、お詫びと反省の文書を書いていると、ひるがえって仕事の方をも、つくづく顧ることとなった。

この日記も、私は次のような立場で、つけていなかったか。「私は責任感を持って、できる限りのことをしている。仕事で接する中には、責任感がなく、できることをしないと感じられる人がいる。私にはそれは不快で、日頃はなるべく耐え、ときに怒る」もっといえば、「自分は完全で、他人の不完全さを受け入れるか受け入れないか、自分は常に判断をする側である」とでもいうような。

なんて傲慢なのだろうと、人への謝罪文を書いている今、身が縮む。

私もまた人に、耐えることを強い、受け入れるか否かを常に判断されているのだ。完全な人などいない。

お詫びと反省の文書には指摘を真摯に受け止めるとした上で、「私どものいちばん恐いのは、自分たちの気づかないところで、失望され、ご縁が切れてしまうことです」と書いた。

仕事においても、ほんとうにそうだ。

自分ひとり行き届いているつもりで人に批判の目を向けている間に、周囲の人が知らないうちに私を見限り心が離れ、気がつけば仕事がなくなっていた。それをもっとも恐れる。

十二月某日

書かなければいけないお礼状がたまってきた。送るべき人の名刺や、先方から来た封書、宅急便に貼ってあった、住所氏名のある伝票などを、引き出しの中に入れてしまってはそれきりになりそうなので、わざと机の上に出しておいた。

何枚もたまってきて、プレッシャーが高まったところで、一念発起。ほんとうは、こんな一念発起をしなくても、お礼状を書くべきことがあったところで、ただちに書くのが、いちばんなのだ。そのときは、文面までほとんど頭の中にわいていて、紙に写し取ればいいばかりになっているのに、机に向かうほんのちょっとの時間がとれない状況だったりして、後回し。

今日こそはまとめて責務を果たしてしまおうと、いざとりかかると「あの人にも書くべきだった」と、次々と思い出されてくる。

二カ月も前に、お茶の詰め合わせを送っていただいておきながら、受け取ったとも何ともリアクションをしていない相手のいたことがわかったときは、さすがに意気消沈した。

仕事の連絡に関しては、比較的早く、かつていねいなレスポンスと言われる自分だが、人からの好感とかご招待とかに関しては、ほんとうに非礼、不義理をしてしまっている。こうして、一定の間隔で、プレッシャーが高じたときは、まとめて書くが、その周期からたまたま外れた相手で、返信せずに過ぎてしまった人は、たくさんいよう。

ていねいな人と言われながらも、裏表のある対応をしているようで、落ち込む。実際は「裏表」ではなく「波」なのだが、むろんそんなことは言い訳にならず。すごく忙しいのに、時間のなさを口実にせず、どんなケースにも、筆まめに返信をしている人は、ほんとうにりっぱだと思う。

十二月某日

もうひとつ白状せねば。私は年賀状を出していない。フリーになってこのかた、二十年も。

出版関係の人は、この時期、年末年始の休みの前に、印刷所に原稿その他を入れるため、すべての工程の進行が早まり（年末進行と呼ばれるもの）、それと年賀状書きが重なって、おおわらわになるが、私はそのうちのひとつからは免れている、というか、自分で勝手に「一抜けた」をしてしまっているのだ。

これも考えてみれば相当、非礼かもしれない。が、二十年の蓄積で、「あの人は、そういう人」と強引に既成事実化してしまった感はある（と思っているのは、自分だけか）。しかし、出版社以外の人には、そうした既成事実化は通用しなさそう。

それら私の仕事関係者や交流のある人の中では、例外的な人々には、年賀状ではなく、この時期にカードを出す。クリスマスカードと、年末年始の挨拶を兼ねたものを。このカード選びが、意外と気をつかう。

宗教的背景からクリスマスを祝わない人もいるから、メリークリスマスという文言の印刷がされているのは、避けたい。「季節の挨拶と、よい年になることを祈って」という趣旨のことを、英語で書いてあるのを探すが、日本人は割とそのへんは気にしないのか、文房具屋や雑貨屋の店頭にあるのは、ほとんどがメリークリスマス。毎年、どこか出かけた先で、行きあたりばったりで購入する。

今年も十一月末から、その種の店の前を通りかかるたび、心がけているが、出会わない。

今日ふと思い付き、吉祥寺の駅近くで打ち合わせの帰り、駅前商店街の中にある、雑貨のデパートというべき「ロフト」へ行けば、おお、ある。何種類もの中から、柄を選べるくらい。

確実に買えるところがみつかり、助かった。来年からは、ここに来よう。

十二月某日

先週末にひき続き、出張に行く。今回は鹿児島へ。前回もそうだったが、どうも、乗り物酔いに縁があるような。

シートベルトのサインが点灯し、「この先は揺れが予想されるため、機長の指示により、客室乗務員も着席させていただきます」のアナウンス。果たして、上下の揺れが。座席ごと宙に浮き上がるかと思ったら、急降下で沈むことをくり返す。空の外は険しい山。

先週末の対談で、私はブータンに行きたいと思っていることを言い、その後の会食でも、仕事として可能性はないか、主催者との間で話題に出していたのだが、「ブータンの飛行場も、たしか山の中なんだった。旅することには、精神面とは違った、こういう苦しさもつきものなんだった」

と思い出す。前方の台地にある滑走路が、スクリーンに写っていながらなっかなか近づかず、気持ちの悪さに脂汗をかきながら、

「早く着いてくれ」

と念じていた。

主催者の車に乗っても、上下動でお腹の中が混ぜ返されたような違和感がまだ続

いており、市内に着いたらすぐ会食が予定されているけれど、

「こんな状態で、ものが食べられるかしら」

と不安になる。が、車を降り、揺れない地上に足を着けたら、めまいも気持ちの悪さも消えていった。

会食は、おいしく、楽しかった。事前に私のふだんの食生活を詳しく尋ね、それに合わせた料理にしたり、話しやすいよう女性も交じえるなど、かなり気をつかって下さっているのがわかる。こまやかな心配りに感謝。

夜、ホテルに戻ってからは、執筆。いけない、一時過ぎてしまった。明日の仕事に備えて寝よう。

十二月某日

仕事は午後からで、午前は鹿児島見物。通常はこういう場合、前日は空港までの迎えや会食は辞退し、最終便で着いて、ひとりでホテルにチェックイン、当日、事前打ち合わせで、主催者とはじめて会うという方法をとる。相手に負担をかけたくないのと、私の食生活が独特なため会食が困難なこと、さらには、前日東京でぎりぎりまで仕事をしてから出て、当日も、仕事に備え、体を休めておこうとの思いか

らだ。が、今回は、先立ってわざわざ東京にお越しになり、食事のことなどこまかに尋ねて下さって、かくなる上は、遠慮や、ビジネスライクな線引きをせず、厚意をありがたく受け入れて、先方の考えのとおりのおもてなしスタイルに、全面的に乗っかり、ゆだねようと思った。

西郷さんの銅像の前や、桜島を背景に、記念写真を撮ったり。ちょっと照れ臭いほどのもてなしに、

「ここの人たちにとって、仕事であれ何であれ、人を迎えるとは、昔からこういうことだったのだろう。それに比して、日頃の私は、効率優先、けじめ重視で、人を寄せつけないところがあるのかも」

と少し反省。でも、東京では、そうでないと自分を守れないのも確かなのだ。それほどタイトな人間関係、スケジュールの中で生きているということか。

講演の前、懐しい人に会った。なんと、私にとってはじめての仕事、会社勤めのとき、同じ人事部だった女性。結婚して、鹿児島に来ていたのだ。今日の催しの案内で、私の名を見たという。

よくぞ覚えてくれていたものだ。そしてよくぞ、訪ねてきてくれたもの。

あの頃の私は、けっして感じのいい女子社員ではなかった。社会に出たてで、協

働ということをまだ知らなくて、しかも「私の仕事は、ほんとうにこれでいいのか」と葛藤し、心はいつも不安定で、彼女らとともにお弁当を食べながらも、先々の自分のことばかりを考え、模索していた。そんな私に、彼女らはいつも、ふつうに接してくれた。総合職の試験的な例として他の女子とは違う採用枠で入社してきて、何かと批判も多く、中傷やあらぬ噂も流され、それを感じて、ますます意固地になっていた私が、曲がりなりにも二年半、会社勤めを続けることができたのは、採用枠や職制上の立場といった違いを超えて、あるいはどんな噂を耳にしても、変わらぬ態度をとり続けてくれた、彼女らあってのことなのだ。

そんな私を、会社を辞めてやがて別の仕事で目にするようになっても、変わらず見守ってくれていたことに、感謝の思いがこみ上げる。私はそんな気持ちを寄せてもらうに値する者では、けっしてないのに。同時に、二十数年経っても、彼女がきれいだったことがうれしく、心から安堵した。苦労はたくさんあったかもしれないけれど、少くとも外見には刻まれていない。幸福な結婚をしたといえるのではないかと。そうあってほしい。

学ぶことの多かった鹿児島出張。帰ったらお礼のカードを出そう。

あっ、それと、今日の主催者との間をつないでくれた、東京の人にも。その人からの紹介で、そもそもこの仕事を受けたのだった。現地での感動のあまり、そのことを忘れそうになっていた。鹿児島に行きましたという、お礼と報告のメールをしよう。

今年の出張は、これで終わり。来年は、しばらくの間、なさそう。

十二月某日

家で執筆。夕飯の食材は、冷蔵庫にももう尽きているとわかっていたので、夜八時半に、潔く中断。夜九時までのスーパーへ行くため。

外へ出ると、当然のことながら、日はとっぷりと暮れ落ち、暗い。朝起きて窓を開け、洗濯物を干し、昼過ぎ、郵便物を取りに一回出て（数少い気晴らし。そういうときに限ってダイレクトメールだけだったりする）、洗濯物を取り入れた後は、夕刊が新聞受けに落ちる音を聞いたけれど、パソコンの前から離れず、次に出たらとっくに夜になっていた。

「私の一日は、こうして終わっていくわけか」

マンションからは、食器を使う音。お風呂を使うらしい音までする。

大通りへ出ると、スポーツウェアに身を包み、ウォーキングをしているらしき夫

婦連れ。私も、つられて足を早めながら、

「歩くってこういう感じだったな」

と、そこから、今日一日ほとんどパソコンの前に座りっぱなしだったことを改めて思い出す。

「やはり、人間、歩かなければだめだな」

歩かないと、脳への血のめぐりも重くなり、行き詰まったり、言葉が出てこなくなったりするのかも。

歩行は、思考のポンプ。余裕のないときは、書くのをいったん止めて歩く時間をとろうなんて、思いもよらないけれど、その方が、トータルですするとはかどるのかも。

十二月某日

夜九時ぎりぎりにスーパーに行き、九時半頃帰って、いない間に来ていたファクスを処理し、それから食事を作って、十時過ぎ、どうかすると十一時頃夕飯という、悪しきパターンが形成されつつある。会社勤めで、そうなるならまだしも、家で書いていて、これが常態化するのは、問題。睡眠中も、胃が休まらないのでは。

十二月某日

執筆が、夜七時前に終わる。2000字の原稿に、二日がかり。メールで送信後、とにもかくにも、靴をはいて外へ。八時までのスーパーに間に合うし、歯ブラシとか浄水器のカートリッジとか、食事の材料以外にもいろいろと買いたいものが、たまっていた。家で着る、タートルネックでないセーターも求めたく（首がかぶれたため）、デパートの婦人服売り場を覗く時間も、あるかもしれない。

年内に〆切りのある原稿は、今日で終わった。この後年内は、滑り込みで入ってきたインタビュー取材や撮影などが、いくつか。それをしながら、合間合間に、三月に出る料理本の原稿を進めていこう。こちらは、一月半ばの〆切り。ああ、でも、一月年明けには打ち合わせなどの予定が、すでに少しずつ入ってきているか。うかうかしていると、一月半ばなんてあっという間かも。

それでも、年末年始を挟んで、〆切りがいったん途切れるのは、ささやかな解放感がある。その間は、メールも来ないだろうし。考えてみれば、メールでの問い合わせの対応も、仕事時間のかなりの割り合いを占めるのだ。出張から帰ってきて、着替える前に電源だけ入れておくつもりで、パソコンの前に行ったら、問い合わせがたくさん来ていて、プレッシャーをとり除くべく、必死で処理するうち、コートを着たまま二時間が、あっという間に過ぎていた、なんていうこともざらだ。プレッシャーのかかりやすい弱点を、来年は少しでも克服したい。

その他に今年の反省といえば、最後の三カ月は、運動をしなかった。夏頃までは、週一回まではいかなくとも月に数回は通っていたスポーツジムも、九月半ば以降、出張が多くなってからは、まったく行っていない。筋肉なんて、落ち果てているのでは。ただでさえ年齢的に、代謝が下がってくる頃なのに。体重は変わらないものの、体脂肪率が上がっているのか、顔がずいぶんまるまるしてきたなと、最近の写真を見て思う。

来年はスポーツジムに行くこと。行けるくらいの、余裕のあるスケジュールを立てること。

ああ、でも、あまり余裕を持たせても、経済的には立ちゆかなくなるし。連載だけでは、月々の漢方医院代も出ないので、それ以外の仕事もやはり入れていかないと。どちらが体にいいか。永遠の課題である。

エピローグ

ああ、書いてしまいました。

働く上での、ああでもないこうでもないといった迷いや優柔不断。こうすればこうなるかもといった計算高さ、傲慢、勘違い。心の中で人を批判し、ぶつくさ怒ったりもする。やれ、連絡が悪いの、非常識の、失礼の、ここまで私がしなくてもいいんではないの、などと。お金の心配まで書いてしまいましたね。

私の中のせせこましい部分、小ずるい部分、何より「人に厳しく、自分に優しい」部分が、これまでのどの本よりも、よく？ 表れている気がします。

仕事をめぐる日々の出来事や、感じたこと考えたことを綴るという、この本の成り立ちゆえでしょう。パソコンではなく、原稿用紙を日記帳代わりに。疲れてパソコンに向かえないときも、紙ならば、ベッドの中にも持ち込めるでしょうと。そうしたつくりから、この本は働く私の、ほぼありのままになりました。

読み返して気づくのは、「～には、～しておかないと」というフレーズの多さ。自分では、ストレスに耐性があるつもりでいたけれど、こんなにプレッシャーのかかりやすい人間だったのだと、知りました。

人からもたぶん私は、気分もペースも常に一定の人、という印象を持たれているかと思います。この本が世に出たら、「ポーカーフェイスだけれど、腹の中ではこんなことを考えているんだ」「実はキレやすい人なんだ」とこわがられ、仕事が来なくなってしまうかも。そ、そんなことはないので、仕事を下さい。

何よりも読者の人に、「えー、嫌な人」と失望され、離れていかれることを恐れます。

でも、そうしたリスクを感じつつ、やはり出すことにしました。働く人には共通するところが、きっとあると思うので。たとえ職種は違っても。

何のかの言いながら、仕事をしているのが好きです。ふつつか者ですが、どうかこれからもよろしくお願いいたします。

はたらくわたし

著　者
岸本葉子

発行者
深見悦司

発行所
成美堂出版
〒162-8445　東京都新宿区新小川町1-7
電話(03)5206-8151　FAX(03)5206-8159

印　刷
広研印刷株式会社

ISBN978-4-415-40063-1
落丁・乱丁などの不良本はお取り替えします
定価はカバーに表示してあります

sasaeru文庫